U0869783

Just eat it.

吃货最怕做饿梦。

喵个不停◎著

中国出版集团 现代出版社

就算全世界与你为敌，
食物也会永远站在你这边。

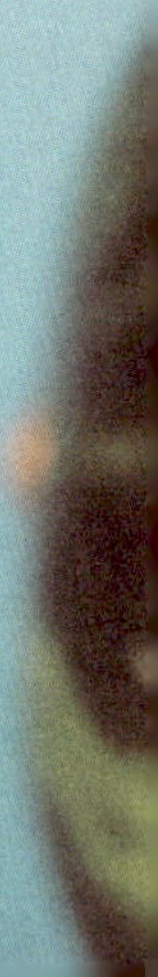

可爱之人，

必有可胖之处。

我人生最大的窘境，
就是即使伤心也不会降低食欲。

目　录

好吃的，就多吃点；
不好吃的，多少也要吃点。

爱吃的人运气都不会太差，
因为『食』来运转。

前言

一米出头的时候，世界很小，有小丸子和柯南、王子和公主、唐老鸭和南瓜马车，还有冰棒、汽水和随便犯的错。

一米五几的时候，世界很忙，有暗恋的某某、有几何和方程式，还有闯荡江湖和改变世界的梦想。

一米七几的时候，世界很慌，有大厦林立却没有存款，有异性缘却没有恋人，行了万里路、读了万卷诗书，却没有了家乡。

这些时候，吃显得尤其重要。

吃，到底能带给你多大安慰？

这个我也说不上来，但饿着肚子的时候，总感觉自己很委屈，人也变得矫情了起来。

食物太善良了，从来不会拒绝落寞的人。它不会因为你失恋了就对你挑三拣四，不会因为你想家了就变成另一种味道，不会因为你挨了批评就落井下石，也不会因为你孤零零的就对你傲慢无礼……

如果你在餐厅里看见一个姑娘点了一大

桌子的食物，然后专心致志地往嘴里塞的时候，不要紧盯着她看，她的情绪正处于溃堤的边缘，而食物正在抢救她。

食物是绝望时的救赎，是孤独时的伴侣。就算全世界都与你为敌，食物也会永远站在你这边。

食物是有灵性的，它们还会相爱。你看，鸡蛋会爱着西红柿，鱼香肉丝会爱着大米饭，牛肉会爱着拉面，莲藕会爱着排骨，饺子皮会爱着馅儿，煎饼会爱着果子……

若不是以诚相待、气味相投，它们怎么能搭配得那么好吃？

在难搞的生活面前，能用吃解决的问题，就尽量不要动用情绪。

就算是极其普通的日子，也要用食物让今天变得值得庆祝；若是极其糟糕的日子，更要用美食来替自己打打气。填饱了自己的胃，心就不空了。

吃饱了，你就会身心愉快，会精神抖擞，会不把顽固的事实放在眼里，会觉得自己有本事跟彪悍的人生开个玩笑！

不能掌控自己一日三餐的人，是没有未来可言的；不会好好吃饭的人，是过不好这一生的。

谦虚是美德，
把盘子清空也是。

天凉的时候，就穿得暖暖和和的，用围巾在脖子上缠了一圈又一圈，再用冰凉的手指头，吃烫嘴的食物，为一点透明的阳光欢欣雀跃。

天热的时候，就去吃盐水煮的毛豆，然后在工作之余，排很长的队伍去吃最喜欢的那家餐厅的招牌水煮肉片。当然了，如果再能来一点儿冒泡的柠檬蜂蜜水或者刚做好的提拉米苏，再加上本书中那些小人物们“识食物者为俊杰”的积极人生态度，你就会发现，世事竟然皆可原谅，生活简直无心可操。

都说“唯有爱与美食不可辜负”，但爱不爱这件事你一个人决定不了，所以遇见好吃的，就不能再辜负了。

因为深知生活还要继续，不吃饱饭怎么有力气站起来，去跟狗血的生活比画比画，去跟未知的明天掰扯掰扯？不认真吃饭，只会让自己被不可收拾的烂摊子再弄哭一回。

累了，败了，糗了，被吼了，被甩了，被忘掉了……都没关系。趁机对自己好一点儿，偷个小懒，抽个小疯，然后犒劳自己一顿美食……这些，都不算伤天害理。

当你可以直面自己身体里与生俱来的笨拙、平凡和孤独，你就能够彻底谅解过去的自己，然后积极乐观地去迎接未来，就能想方设法地过好每一个当下。这种活法虽不聪明，但诚恳；虽会犯错，但坦然。

所以，一个人，也要好好吃饭。

吃饱了，不怕飞机晚点。

吃饱了，不怕爱的人不爱自己。

吃饱了，不怕做噩梦。

吃饱了，不怕一个人走夜路。

吃饱了，不怕老板脸色不好。

吃饱了，不怕老，也不怕丑。

吃货吃饱了，天下才能太平。

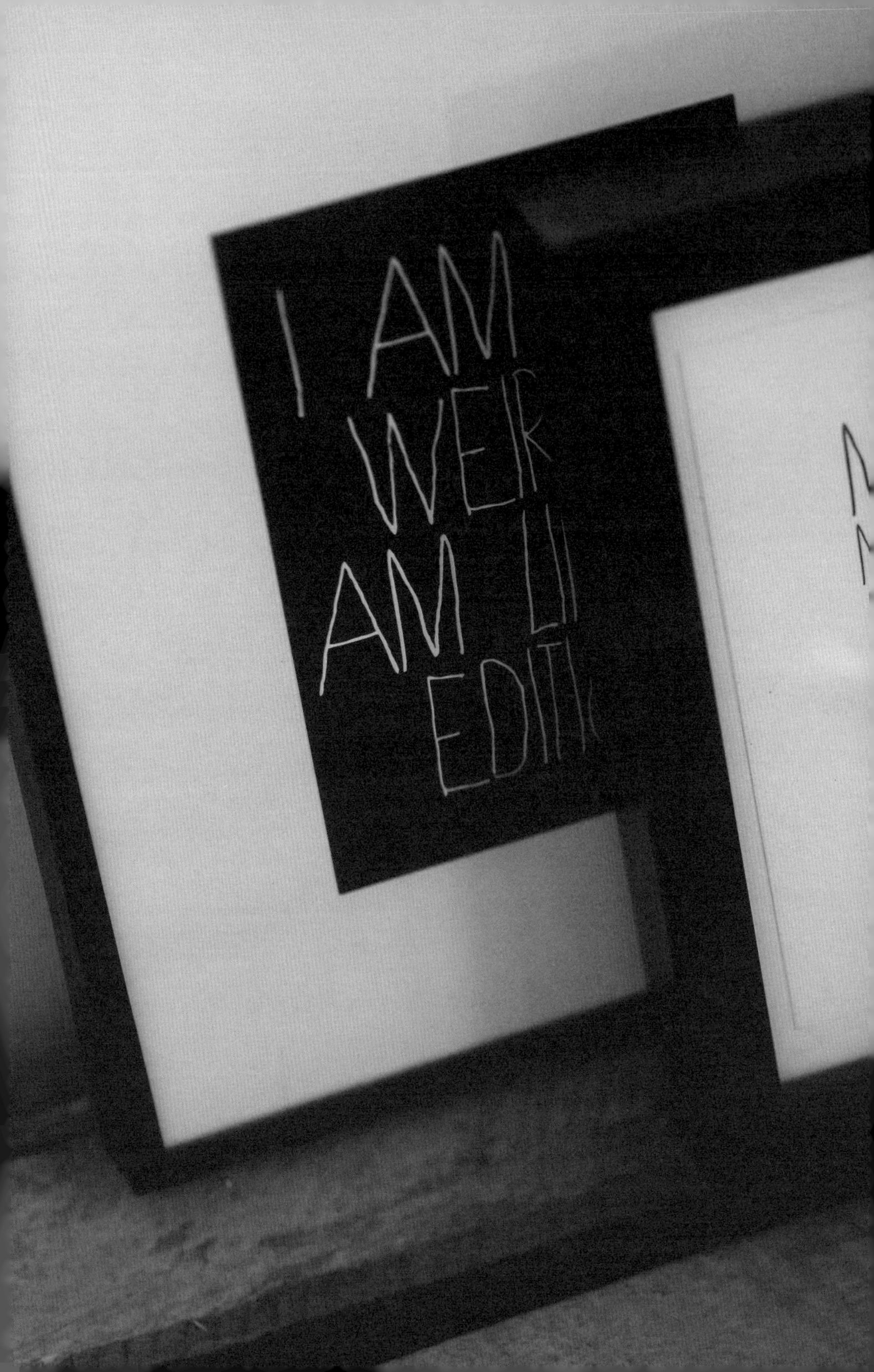
I AM
WEIR
AM
EDITI

世界上最幸福的事，是吃到了让自己『哇哦』一声的食物。

火锅

当你没胃口时，不要抱怨食物

友情就像是涮火锅，在座的每个人都是下锅的材料，煮着煮着就融在一起了，变成了香浓的汤底。这个过程中，你理解了他的臭毛病，他也接受了你的怪癖，你们彼此挤占了对方的生命，又让出自己的一部分生命来。

——

明天就是元旦，大宛却躲在家里不敢出门。对于一个“孤独患者”来说，过节就像是风湿病人遇上了梅雨天气。

就在大宛无聊地刷着微博的时候，微信响了，是秋。秋发来了一首白居易的诗：“绿蚁新醅酒，红泥小火炉。晚来天欲雪，能饮一杯无？”

大宛回她：“拽什么诗啊？好好参加你的新年联谊会吧，争取早日脱单！”

她心里想说的却是：“快点回来吧，一起去吃咕噜咕噜的火锅呀！”

秋是大宛的闺密，整个高中和大学都腻在一起，结成了传说中的那种“你讨厌谁，我就讨厌谁”的革命情谊。

只是后来，秋全家移民到新西兰了，大宛则像丢了魂似的，只身在大都市里过着朝九晚五的单调生活。就在几天前，秋在微信里跟大宛开玩笑，说新年的前一天，当地的华人要搞一场新年联谊会，说有好几个男生约她参加新年的倒计时活动。

“脱什么单啊？”秋回复道，“联谊会肯定超级没意思，据说是到一家新开的火锅店里吃火锅，而且是一个人一个炉子一个锅的那种。”

“啊？吃火锅居然不在一个锅里涮？”

对于这种“一人一炉”式的火锅，梁文道还曾专门抨击过：“一人一炉是最不像火锅的火锅，因为它不用你站起来凑前弯身下料，免去了大家又站又坐的动作，因此也减少了那种挪桌动椅的热闹。”

是的，火锅的本质是热闹，荤素一锅煮，百菜一锅涮。

显然，热闹是大宛极度匮乏的。

她每天回到家，早上出门前踢到一边的拖鞋和喝了剩一半的牛奶，还在原封不动地等着她。晚餐点外卖常常都凑不够起送价，想看的电影上映了也不知该去约谁。

无聊的单身生活中，更加常见的情绪是自怜和自虐。比如天气正常的时候，大宛宁可一个人走回家，她不愿在拥挤的地铁里跟陌生的人群挤成沙丁鱼罐头。可走路的话，高跟鞋又有点儿磨脚，走着走着，她会突然觉得自己好可怜。

每逢这些情绪低落的时候，大宛就会想着吃点儿“热闹”的东西，最好是有锅，有汤，有点儿辣的。

一个人生活是很难热闹起来的。就算是把所有房间的灯都打开，就算是把手机里的音乐声放到最大，日子依然是空落落的。尤其是，当灯光暗下去，当音乐静下来的时候，自己就像这个家的外人，会被家里的茶几、沙发和果盘们“嫌弃”。

安静的房间“排挤”活人的本事，那绝对算得上是高手！

为了不让自己看起来很可怜，大宛会选择到陌生的店里去，宁可走五条街，耗上一个小时在路上，最后在一家从未去过的火锅店的角落里，点上一个鸳鸯锅，要三人份的量，直到将自己吃撑为止。

火锅是唯一能够让大宛提得起精神、觉得值得为之奉献乃至牺牲的存在。

秋突然给出了建议：“不如，今晚去吃火锅吧！”

大宛把床沿上的杂志一脚蹬到地上，回复道：“没胃口。周边的几家火锅店都吃遍了，锅底不够辣，蘸料不够香！真是不爱吃了！”

这满嘴的嫌弃终究没有藏住心里的翻江倒海，大宛的这点小心思，秋都懂。

秋说：“没有什么是一顿火锅解决不了的，如果有，那就是没有人陪你吃火锅！”大宛无奈地回了她一串省略号。

秋接着问："我们以前经常去的那家炭火火锅店，你还记得怎么走吗？"

大宛回："当然记得，最后一次去，也是咱们俩。吃到最后，锅里什么都没了，我还在锅里捞，你看不下去了，对我说，'要不要把裤腿挽起来，到锅里去捞'。结果老板听着都乐了，免费赠了我们两盘牛肉！"

"哈哈哈。"大宛对着手机屏幕一顿傻笑，又突然停住了。

她自言自语道："以前多好，随便吃点儿什么，都好快乐。现在真是糟糕，吃什么都觉得无聊。"

就在大宛准备做一个深呼吸来拯救一下失落的情绪时，秋发来了三个字："快开门！"然后就传来了"叮咚叮咚"的门铃声。

大宛一下子蒙了，她半信半疑地开了门。她呆住了，这种烂俗爱情片的场景在这一刻却让大宛彻底地疯掉了，她揪了一下自己的脸，然后惊喜地喊出声来："是真的，你，你居然回来了，那，那我们去吃那家咕噜咕噜的火锅吧！"

秋笑得合不拢嘴了，用力地点了点头。

如果你实在是饿了，记得打电话给我，

我会吃着零食，嚼给你听。

看见没？当一个吃货对另一个吃货说“我们一起去吃什么”的时候，一种天然的默契就会像烟花一样在她们的心里绽放，两双满含“口水”的眼睛闪闪发亮。

对视了那么一两秒钟，等到另一个吃货兴奋地点头同意，这时候，默契达到了高潮。最后，两人手拉手出门，这一场面的感人程度堪比婚礼！

是的，吃货也是需要知音的。

锅底刚开始烧，秋就迫不及待地说：“我跟你讲啊，我最近掌握了一个独门手艺，现在传授给你，以后你吃火锅的时候用，绝对让你胃口大开。首先是蘸料，调蘸料时往碗里放三勺醋、一勺酱油、一勺蒜末、两勺香菜、一勺蚝油，再加半块腐乳。把这些东西弄匀后沾涮火锅的肉，简直太好吃了。其次是涮法，如果是吃毛肚、鸭肠之类的，烫法要注意，是‘七上八下’，这样烫出来的菜才最嫩……”

还没等秋说完，大宛嘟囔了一句：“去你的七上八下，没有你的生活，那才叫七上八下。”没等秋听清楚，大宛就开始往嘴里使劲塞肉了！

贴心的朋友，根本就不用你上着闹钟般刻意地日日问候，而是即使好久不见，坐下来也能一起吃顿火锅，连一声起码的“你最近好吗”也不用提，撸起袖子边涮肉边说“我跟你讲啊”。仿佛许多个不曾见面的日子，都不过是昨天放学之后。

能一起吃火锅的人，一定是一个世界的。

火锅，古称“古董羹”，因将食材投入沸水时会发出的“咕咚”声而得名。汤底是火锅的精髓，它是最需要时间来淬炼的部分，时间越长，就越能拉长滋味的余韵。换言之，火锅最贵的成本，其实是跟汤底对话的耐性。

如果没有好的汤底，涮什么都是索然无味，就像如果最亲近的人不在身边，日子怎么过都无聊至极！

返回新西兰的那天，秋给大宛留言：“如果你实在是饿了，记得打电话给我，我会吃着零食，嚼给你听。”

友情就像是涮火锅，在座的每个人都是下锅的材料，煮着煮着就融在一起了，变成了香浓的汤底。这个过程中，你理解了他的臭毛病，他也接受了你的怪癖，你们彼此挤占了对方的生命，又让出自己的一部分生命来。

可日子还长着呢，大家就继续在时间的文火上，涮着三生的因缘际遇，吃着四季的山珍海味，搭着五谷杂粮，蘸着七八种滋味……这时候，管他是时光苍老，还是天地轮回，各个都成了肚大能容的某某！

火锅是最极致的团圆。它没有大宴的前菜和主菜的分别，从头到尾就只有一种烹调的手法。吃的过程和烹调的过程合二为一，所有的食物都一起出现，一起被享用，每一种食材都染上了别的食物的味道，是彻彻底底的“你中有我，我中有你”。

涮火锅不讲规矩，每个人都是随随便便，你吃我放的一块羊肉，我吃你煮得恰到好处的地瓜片。什么食材、煮多长时间，全掌握在每个人手里。

这和交到让人舒服的朋友是一样的：你吃我一套寒冰掌，我回你一招无影脚，大家是势均力敌的，也能互相包涵。

许多人把朋友当作玻璃，处处小心翼翼。结果是，明明对朋友很不满，却不敢表达出来，害怕一旦表达出来就会发生冲突，一旦发生冲突，感情就不复存在，一旦没了感情，就失去了这个朋友。

如果朋友真的像玻璃那么易碎，那这样的朋友丢了就丢了吧！

相处舒服的朋友，是跟你抢煮好了的牛肉丸、嫌弃你笨却不会让你生气的人；是今天吵、明天笑、近了烦、远了想的人；是坐在一起即使你说的话前言不搭后语，他也懂的人；是你即使什么都不说，你们也不会感到尴尬的人。

如果有这样的朋友，请你万分珍惜！

喵记火锅

1 区别各种用料。一般来说，质地嫩脆、顷刻即熟的，如鸭肠、菠菜等涮完即可食用；而质地稍密一些，要多烫一会儿，如毛肚、牛肉片等，“七上八下”烫出来的才最嫩。

2 观察汤底变化。当汤底不断翻滚，并且汤底上油脂充足时，烫食最味美，并且汤底的温度不会有太大的变化。

3 控制火候。过了会老，火候不到则是生的。

4 烫时必须夹稳食物，否则掉入锅中，则易煮老、煮化。

5 喜欢麻辣的人，可从火锅边上油层较厚处烫食，反之则从中间沸腾处烫食。

谁不是一边想死，一边拼命

红烧肉

唐小七做红烧肉，必须用爸爸做的陶瓷碗来盛。在他看来，这些纹理很粗的陶瓷碗很有灵性，把慢火炖出的红烧肉放在里面，就好像生活中经历的苦和难，都有人理解和疼惜了似的。

——

五十分钟前，唐小七接到了爸爸的电话。有着二十多年军旅生涯的老兵在电话里哭得声嘶力竭，“我怎么办啊？爸爸没有爸爸了！”

“爷爷去世了！”这让唐小七有些不知所措，因为他没办法马上回家。他的乐队在上个月底和一家酒吧签约了，要连唱一个星期。作为主唱，乐队离不了他。如果临时毁约，那乐队五个人下半年就得喝西北风。

唐小七把吉他轻轻地立在门口，然后给爸爸打了一个电话。

“爸，我想吃你做的红烧肉了。下个星期，我就回家，这次换我给你做。”说完之后，他就准备去演出了。

看得出来，他有点儿紧张。

他尝试去安抚自己的情绪，安抚的方法是一位同行教给他的——假装和观众有某个相同的嗜好，比如大家都喜欢吃鱼，或都喜欢雪纳瑞。当认定了台下的这些人和自己有一个共同点之后，观众也就成了相对熟悉的人，成了可以为之演出的人。

唐小七的假设是，他们和自己一样，都喜欢红烧肉！可才唱了两首，底下就有一桌年轻人在起哄："下去，下去，滚下去！"他有点儿蒙，这是他从未遇到过的，但他很快就想出对策了，赔着笑脸说："好好好，我下去。"

他走下一个台阶，接着唱第三首歌，再接着被轰，再下一个台阶唱了第四首。唐小七这么做的理由并非是因为热爱这个舞台，也不是想证明自己还不错，而仅仅是因为他和老板的约定是"每天必须唱满四首歌，才能拿到当天的报酬"。

唱到第三天的时候，一位醉 酒的客人将啤酒瓶直接砸到了唐小七的脑袋上，他是被搀扶进医院的。而医生的建议是，至少得住院观察三天。

那个晚上和第二天的白天，唐小七都是自己待着，他不想打断乐队的训练。肚子饿了，他就在 APP 上叫外卖，一连吃了两顿红烧肉。邻床的大娘见他无人陪伴，还总是点餐，就问了一句："你的家人呢？"

他一下子就绷不住了，一边往嘴里塞肉，一边咬着牙哭。

同时还不停地提醒自己："一定要把肉都吃完，不然好得更慢！"

哭着吃过饭的人，是能够往前走下去的。因为深知生活还要继续，不吃饱饭怎么有力气站起来，去跟狗血的生活比画比画，去跟未知的明天掰扯掰扯？

不认真吃饭，只会让自己被不可收拾的烂摊子再弄哭一回。

好不容易熬完了七天，唐小七坐最早的一班飞机回家了。错过了爷爷的葬礼，他唯一想要安慰的人是爸爸。

一下飞机，唐小七就马不停蹄地去买五花肉。挑五花肉这件事，他显然是得到了爸爸的真传：红烧肉一定要用五花肉，最好连皮在内肥瘦夹花七层，最少也要五层，再次的就不值得拿来烧红烧肉。

进了家门，爸爸正坐在一个圆盘前面制作陶瓷碗。唐小七知道，这是爸爸独创的对抗沮丧的方式。

苦闷难熬的时候，爸爸从来不会干坐着。他要么是到外面的菜市场里挑选新鲜的蔬菜水果，要么是在家里忙叨他的陶瓷碗。当年在异地他乡驻守时，别人不是在哭丧着想家，就是寻机会偷闲去睡觉，唯有爸爸，拿出了宝贵的休息时间用来做陶瓷碗。

用一些看似无意义的小事情来耗过最沮丧的那几个钟头。虽然不能痊愈，但能多一些安详。这样熬过去那些坏时光，就会保住尊严，留住希望。

两个男人之间的招呼打得异常简洁。

一个说：“我回来了。”

虽然未来藏在迷雾中，

叫人看来胆怯，

但当你踏足其中，

就会云开雾散。

另一个应："嗯。"

然后，唐小七就进了厨房做红烧肉，而爸爸则继续在捣鼓他的陶瓷碗。

唐小七做红烧肉有三个特点：

一个是慢。他喜欢用小火慢慢熬，他的理论来源于苏东坡，后者在《食猪肉》一文中写道："慢着火，少着水，火候足时它自美。"

其实小火慢炖是有科学原理的，炖红烧肉的过程中，蛋白质与葡萄糖会反应生成一种褐色物质。这种褐色物质在小火时更容易产生，它不仅无毒，而且香气扑鼻、色泽诱人，是红烧肉成为大众美食的功臣。

二是材料简单。他不喜欢别人往红烧肉里加鸡蛋、蜂蜜、豆皮，他用的食材只有五花肉、冰糖、酱油，再加少量的清水。

三是必须用爸爸做的陶瓷碗来盛肉。在他看来，这些纹理很粗的陶瓷碗很有灵性，把慢火炖出的红烧肉放在里面，就好像生活中经历的苦和难，都有人理解和疼惜了似的。

大多数菜肴追求的是"色香味"，但红烧肉更注重的是"味香色"。即首先是味道，其次是香气，再次才是外观。好的红烧肉入口松润，咬上去有微弱的抗拒力，稍微一咀嚼就已酥烂无形。

有人喜欢把肉炸了再烧，这样做出来的红烧肉不会收缩，只是看着漂亮，但肥油会被封在肉里，吃上两小块就难免腻了，而且口感也不够软烂。

饭菜做好了，父子俩围着小饭桌开吃了。

“给你筷子。”

“嗯。”

“给你米饭。”

“嗯。”

“我觉得今天的红烧肉挺成功的，爸你觉得呢？”

“还行。”

“哦。”

“你脑门上的伤是怎么回事？”

“演出的时候，场面太火爆了，我一激动，自己撞吉他上了。”

“哦。”

“你眼睛怎么那么红？”

“捏陶瓷碗累的。”

“哦。”

他俩各自藏着心事，溃不成军却也能横扫千军，小心翼翼又无比坚强。

他俩当然晓得，这世界常常是冰冷无情的，但每当他们准备要硬起心肠、单枪匹马地和这个世界硬碰硬的时候，厨房里飘出来的红烧肉的香味，门口转动的拉坯机上柔软的泥土带来的触感，以及电话另一头那个人的悄无声息的牵挂，这些微小的东西总能轻易地将他们打动。

这时候，他们就会觉得“这生活，还真不错呢”，他们就会忍不住地想要对这世界再温柔一些。

是啊，谁不都有一些孤独拼搏的时光，怀着巨大的希望，又遭遇接连的失望，梦想的东西不敢声张，还要小心翼翼地藏着，生怕露出了一点蛛丝马迹被人发现——怕被无情地嘲笑，也怕被身边的人担心。这是胆怯，也是勇气——决心要跟眼前的失望死磕下去！

谁不都是这样呢？为了得到想要的，为了保护所爱的，多苦都甘之如饴。

《银魂》里有这样一句台词：“等你们长成大人了就会明白，人生还有眼泪都冲刷不掉的巨大悲伤，还有难忘的痛苦让你们想哭也不能流泪。所以，真正坚强的人，都是越想哭反而笑得越大声，怀揣着痛苦和悲伤，即使如此，也要带着它们，笑着前进！”

熬过那些无法做选择的时间，才能选择自己想过的生活。

来，干一杯，遥祝理想不死。

来，跳起来，把天空砸出一个窟窿！

喵记红烧肉

五花肉、冰糖、大料、桂皮、葱姜蒜等。

1 五花肉洗净后切成方块儿，焯水去掉浮沫，盛出沥干；

2 锅中倒入油，用小火把大料、桂皮煸香（30 秒钟左右），加入葱、姜、蒜继续炒 1 分钟，然后放入五花肉，改成中火，煸炒至五花肉的表面至微微泛黄盛出；

3 锅烧热后倒油，调成中火，放入白糖，慢慢炒到白糖溶化，出现微小泡沫即可；

4 把炒好的五花肉放入锅中，迅速翻炒使肉的表面都裹上糖色；

5 加水，小火慢炖 1 小时左右，最后转大火收汁，即成。

芝士炸猪排

今天的晚餐，我约了我自己

料理店的老板让失恋的梅子给悲伤编一个荒唐的理由。结果梅子咬了一口炸猪排，说道："我悲伤仅仅是因为，我家的刺猬昨天晚上吃东西上火了，脸上长了青春痘，我不知道要带它去哪里看医生。"

——

车来了，梅子不敢回头看路边的那个人，而是狼狈不堪地冲上了车。等到车子开出了两百米，梅子这才号啕大哭，像极了一个春天里马上就要融化的雪人……

是的，梅子被甩了。

站在路边的那个人，以前每次见面都会对梅子的穿着赞不绝口，可今天却给梅子戴了一顶漂亮的绿帽子，而梅子能够给出的反击，除了当面咬牙切齿地假装无所谓之外，只剩在背地里歇斯底里地哭了。

她饿了一天肚子，清早从城市的最东边赶过来，只想让那个人给自己一个明明白白的说法，可一直拖到了下午三点半，那个人除了一副冰冷冷的、毫无波澜的表情之外，一句话都没说。

等到她在车上哭累了，才用近乎绝望的语气给那个人发了一条信息："我终于失去了你。"

那个人只回了一个句号。她记得那个人说过，"用句号结尾的话，

99％是认真的”。

梅子又坐了两个多小时的车，终于回到了城市的最东边。她在一家日本料理店前下了车，这是那个人向她表白的地方。她选了当时坐的位置，点了当时点的食物——芝士炸猪排，又配了米饭和罗宋汤。

她努力地回想当时的情景。那是个圣诞节，窗外摆满了圣诞树和彩灯。他们刚刚看完一场电影，正处在饥肠辘辘的状态。红光透过窗子落在梅子的脸上，像是在帮她隐藏少女的心事。

她记得当时的自己是用双手托着下巴，然后痴痴地看着对方，而对方也是双手托着下巴，痴痴地望着自己。

她还记得，服务员送餐的时候赠送了两杯白开水，可两个人只顾着傻傻痴痴地互相望着，等服务员走远了才想起来补一句“谢谢”。

她记得自己那天吃得很饱，在她将最后一块猪排塞进嘴里的时候，那个人冒失地说了一句：“怎么办？我好喜欢你啊！”

她记得自己是很慌张地端起白开水就往嘴里灌。她用杯子挡住了那个人投过来的热气腾腾的眼神，她大口大口地喝着水，她并不觉得这白水无味，反倒觉得它是世上无与伦比的饮料。

她觉得那杯水像是加了某种神秘的气体，气泡从心房往外噗噗地翻腾，再朝着嗓子眼上蹿。那个甜呀，那个美啊，就好像刚才灌进去的是整条银河。

那一刻，她真心觉得，只要勇敢爱下去，是会永远在一起的。可这一刻，她浑身上下灌满了悲伤，“这世上，哪有这么天真的事？”

送餐的老板打断了梅子的回忆。当老板把芝士炸猪排摆在梅子面前时，她失落地扫了一眼盘子，又呆呆地看着对面的空座位，想着那个对自己说“怎么办，我好喜欢你啊”的那个人，此时正在对另一个人说同样的话，梅子的眼泪就不自觉地往米饭里掉。

老板显然是见过世面的人，他平静地说：“我记得你点的是芝士炸猪排配米饭，不是眼泪拌饭！”

然后，老板开启了电视广告模式，他吧啦吧啦地说了这块猪排肉的来之不易，以及主厨们的用心良苦。他说猪排是一头猪身上最好的肉，是一头猪最认真、最用心长出来的部分；他说这个部分的肌红蛋白含量相对要高，并且在肌纤维中间还有一点点肉眼看不太清的脂肪纹理，所以油炸之后，吃起来会很嫩很香。

他说油炸猪排的师傅是这家店里资格最老的大厨，他既懂得掌握好油温，又擅长于精确地计算油炸的时间。任何一个环节出了问题，猪排肉就会很老，吃起来就像是在啃鞋底。

他最后总结道：对芝士炸猪排的最高敬意是趁它最美味的时候将它吃掉；对主厨的最高级的敬礼方式是吃完之后很认真地舔一舔上下嘴唇。

梅子被他逗乐了，抹了眼泪，对老板说了句“谢谢”。而老板则认真地指了指猪排，示意她赶紧吃。

老板没有问她为什么哭，她也没打算就这样敞开心扉，但阴郁的脸色出卖了她。

她觉得自己什么都不说显得很不礼貌，就扯谎说是因为年轻，所以有点儿忧愁，所以想哭一会儿。

老板给出了独特的建议：“可能，每个人都会有一段这样的经历吧。我的经验是，你试试给这些忧愁啊、迷茫啊、悲伤啊找一个理由，哪怕再生硬也没关系。”

梅子咬了一口炸猪排，“扑哧”一下笑了。她抬起头对老板说：“我想到最生硬的理由了。”

她眨巴着眼睛说：“我家的刺猬，昨天晚上吃东西上火了，脸上长了青春痘，我不知道要带它去哪里看医生。”

剩下的对话异常轻松。

“你怎么一个人来吃饭？”

“我，我是来约会的！”

“那人呢？”

“今天的晚餐，我只约了我自己！”

“哦，这样的话，那你晚上多吃点儿，这样梦也会是甜的！”

就这样，梅子享受了一顿愉快的晚餐。在临睡之前，她在朋友圈里写道：“每件事情都会好起来的。春天的风会变得柔软，阳光会像刚切开的芝士炸猪排一样诱人。在这样美妙的日子里，最适合和过去的自己来一场漂亮的告别。”

其实，爱上一个不爱你的人，就像给自己挖了个坑，然后跳了进去，挖坑的是自己，跳进去的还是自己，最后走不出来的也是自己。可一旦你给某次分离准备了一顿仪式感十足的告别晚餐，那么告别就会变得容易很多。

一份上等芝士炸猪排的评判标准有三个：皮壳要脆，肉汁要多，肉质要鲜嫩。但生活的要求只有一个：朝前看！

你要相信，芝士炸猪排和人生的意义，都是靠余味来定输赢的。

忘了你心心念念的那个人，忘了曾拥有的一切，忘了所遭受的委屈，就当你是刚刚诞生在这个繁华世界，你要时时刻刻保留对自己喊话的能力，你要大声说：“我要重新开始新的生活！”

这样的你，就不会坐在满是断壁残垣的废墟上哭泣，而是拍拍屁股，坚定地朝前走；这样的你会遇见另一块空地，会重建自己的人生。

只有带着这样的决心和态度，就算你破产了，你仍然可以做一个创业者；就算你失恋了，你仍旧是一个初恋者。

谁都丢过几次钥匙，丢过几把伞。但是，没有见过谁把钥匙弄丢了就永远回不了家，把伞弄丢了就淋了一辈子雨的，所以，也不可能把一个人丢掉就得孤独终老。那你还怕什么？

世界很大，别一个人躲在角落里发霉。越是情绪低落的一天，越是倒霉的日子，就越要认真打扮、细心纪念，你精心地过日子，才有可能被生活奉为上宾。生活中的尖刺和成长中的不安，也才会慢慢消融。

去吧，去找个借口，到此为止；也找个理由，重新开始。

累了，败了，被凶了，被甩了，都没关系。趁机对自己再好一点儿，比如，偷个小懒，抽点儿小疯，然后大大方方地犒劳自己一顿美食……这些，都不算伤天害理。

喵记芝士炸猪排

猪排、马苏里拉芝士、鸡蛋、面包糠、其他配菜。

1 准备好新鲜的食材，马苏里拉芝士提前室温放软；

2 猪排用盐、料酒腌 15 分钟，并撒面粉，用木槌敲扁；

3 内侧刷蛋液，放上马苏里拉芝士，将另一片盖在上面，用木槌轻轻从中间将空气排出，四周压紧；

4 外侧刷蛋液，裹上面包糠；

5 油烧到七成熟，小火煎到金黄；

6 摆盘，趁热切条，加入配菜即可。

日式乌冬面

要么荣归故里，要么客死他乡

每次难过了、想家了，吉田就会给自己煮一碗乌冬面。从汤碗里捞出一筷子乌冬面，就像是把自己从难熬的日子里打捞了出来，就像是露出水面吸够了氧气，有信心再猛扎下去！

—

凌晨一点半，吉田办公室里的灯还亮着，这是他连续第五天加班到深夜了。

二十三岁的他，此时正在极力地克制内心的沮丧。他把电脑桌上乱糟糟的文件一个个扔进了垃圾桶里，又点开了已经敲了两个多小时的策划案。

他叹了一口气，又摇了摇头，接着摁住了 Backspace 键，直到文档里的字符全部消失。

就在这时候，肚子“咕噜噜”地响了。

深夜的胃里传出的声音，简直就是宇宙的回响。吉田很感激这一连串轻微得只有自己听得见的动静，就像是一场噩梦被闹钟唤醒了。

他起身走到旁边的小屋里，那是一间很小的厨房。他早就想好了，要给自己煮一锅乌冬面。

吉田是日本秋田县人，乌冬面是那里最出名、最受欢迎的食物。据说这个县的人均乌冬面消费量是全日本人均消费量的五倍以上。有一阵子，这个县的名字差点儿改叫“乌冬县”。

吃乌冬面，吉田自然很有经验。他常说：“遇到好吃的汤面，如果胃口有限，那就少吃一点儿面，但是要把汤喝光。”他说这样做，满足感会出奇的强烈。他还说：“无论身在何处，无论异地、异国有多么正宗的面馆，都取代不了故乡的味道！”

人类总是擅长于用食物去拉近与故乡的距离。无论脚步走多远，在人的脑海中，只有故乡的味道熟悉而顽固。它就像一个味觉定位系统，一头锁定了千里之外的异地，另一头则永远牵绊着记忆深处的故乡。

但现状是，吉田只身一人在上海。吉田也尝试过几次煮乌冬面，但怎么折腾都煮不出家乡的味道。

无奈之下，吉田只好用清水煮挂面取代了乌冬面，他会在面汤里卧一个蛋，几片青菜，再加上一点儿猪油，这些都是他独创的。他说：“青菜、面条和鸡蛋的香味会集中在面汤里了，再放一点儿盐，鲜得烫心。”

平时遇上小伤心、小难过的时候，他就会吃上一大碗。

但此时此刻，吉田显然是沮丧至极，只好寄希望于乌冬面。吉田对乌冬面的依赖是被家人从小培养出来的。在吉田小时候，每逢他感冒发烧的时候，吉田的妈妈就会给他做一份加鸡蛋的乌冬面；在他为了考大学而拼命学习的时候，吉田的奶奶就会给他做海鲜乌冬面。

从汤碗里捞出一筷子乌冬面，就像是把自己从难熬的日子里打捞了出来，就像是露出水面吸够了氧气，有信心再猛扎下去！

厨房里的吉田这一次显得很有信心，因为老家的邻居把煮乌冬面的秘方寄过来了。

在半个月之前，吉田十分怀疑自己的选择，为什么年纪轻轻就要选择到异国他乡去工作？为什么要放弃家人的帮助和陪伴？为什么要继续待在这个充满了惰性的公司里？

他在给邻居的电邮中写道："我感觉自己就像是一只苍蝇，被苍蝇拍拍打了无数次，居然还活着。突然之间，我意识到了问题的严重性。我发现自己的问题不在于为什么没有被拍死，而是自己被拍打了无数次，为什么还要待在这里。

"我不幸变成了世界上最不快乐的那种人，没能力，却有上进心；没天赋，却有梦想。结果是，越努力，越难过。"

吉田的沮丧是有原因的，他来到上海工作已经七个多月了，既没有交上朋友，也没有得到上级的信任。他经常做的无非是整理文件、接送快递之类的小事。可他分明记得，当初收到的招聘文件上写的职位是工程师。

有时累得气喘吁吁，他还得装作没事。同事问他："都是吃了二十多年饭的男子汉，你怎么累成这样？"吉田只能尴尬地笑笑。心里话却是，"我记得你比我大十天呢！有本事，你十天别吃饭，然后再来跟我比"。

最让吉田难受的还有那个领导，在他面前，吉田既没有存在感，也没有成就感，有的只是不断结冰的工作热情和没完没了的挫败感。比如你把准备了一个星期的策划案递过去，领导看了三秒钟就说："帮我倒杯咖啡，谢谢。"

对于吉田的倾诉，邻居没有用电邮回复，而是不远万里地给他邮寄了一封手写的信。

回信中没有任何生活和工作上的指点，主题只有一个："请认真地煮一碗家乡的乌冬面吧！"

吉田的邻居是开杂货店的，日子过得清闲。这家小商店堪称是四邻八舍的文化中心：谁家出了什么事，有什么要公布的，都会到杂货店里来。

在信里，邻居特意提到了那台有着五十年历史的乌冬面贩卖机。从吉田记事时起，它就立在邻居的店门口。它二十四小时营业，无论刮风下大雪，只要带上几枚硬币，等上半分钟，就能吃上一碗热乎乎的乌冬面。

邻居写道："这台机器最近有些不灵光了，偶尔汤会满到洒出来，偶尔盖子会合不拢，有时汤多了，有时面多了。老顾客只喝一口，就知道味道不对。即便如此，周围的居民还是很爱这台机器，坏了就修，再坏再修。"

"前阵子，我想着我的年纪也不小了，就向居民提议，把这台机器拆了，但大家都反对，说他们愿意忍受它出故障、犯错误，拜托我不要把它搬走。我想了想，这么多可爱的居民都盼着它留下，我就决定了，要坚持用它。"

"我想说的是，在你没有成为不可取代的人物之前，先试着朝那个方向坚持一阵子再说；在你成了不可取代的人物之后，你还要记得照顾好那些爱过你的人。我们可都知道，你一定会成为一个有出息的人物。"

在信的结尾，邻居将他坚持用了半个多世纪的乌冬面的烹煮方法告诉了吉田。其中的秘诀在于"狐饂饨"，以及一种特制的高汤。"饂饨"是日本人造出的文字，最初是指"馄饨"，后来专指乌冬面。

这种"狐饂饨"其实就是加了特制的油炸豆腐，因其颜色像狐狸的毛色，故有此名。它与普通油炸豆腐的不同之处在于，油炸之后，还要将其放入热水中煮掉油分，然后沥干，再加入糖、酱油和海鲜汤慢慢煮至入味。

这种特殊高汤的加入，使得煮出来的乌冬面鲜香可口，同时面汤上几乎没有油星。

缺少了“狐齆饨”的乌冬面，就像是缺少了王子的《哈姆雷特》。

吉田照着邻居的秘方认认真真地做了一次乌冬面，海鲜熬出高汤再配以酱油、清酒、糖等材料，精心做出“狐齆饨”，……半个小时左右，一碗香喷喷的乌冬面出锅了。

吉田尝了一小口面条，又喝了一小口面汤，他觉得和小时候吃到的乌冬面的味道相似度高达99％。“缺什么？是七味粉？好像又不仅仅是。”他又喝了一口汤，“哦，是家人。以前吃乌冬面，都是一家人围着一起吃。”

吃完了面，喝光了汤，看着空白的文档，吉田笑了：“我还得继续努力啊，我可是被寄予厚望的人啊！”

你看，吃饱了，就不怕加班，不怕受挫，也不怕远离家乡。

卡夫卡曾说过这样一段话：努力想得到什么东西，其实只要沉着镇静、脚踏实地，就可以神不知鬼不觉地达到目的。而如果闹得太凶、太幼稚、太没有经验，像一个小孩扯桌布，结果一无所获，只不过把桌上的好东西都扯到地上，就什么都得不到了。

缺乏耐心是普遍现象。无论做什么事，很多人都想马上看到结果。只是你别忘了，人生本就是由一连串的小等待和小坚持组成的。

那到底什么叫坚持？坚持就是有耐心，就像是在等着莲子从池塘的泥底发芽，再长出莲藕、开出莲花来；就像是看着小虾米，慢慢长成好吃的虾仁来！

谁都会遇到挫折和坎坷，熬不过去就不配得到想要的未来。这世上一直都在帮助你的，永远是你自己。

跌倒了，撞到南墙了，被阴霾笼罩看不清未来的路了……都没关系，干脆就什么都别想，把自己照顾好，把胃照顾好，然后再咬牙坚持一会儿。

别总是问，要不要继续？要不要再坚持？其实，哪有那么多“要不要”，只有愿不愿意和甘不甘心！

生活就是一场打地鼠的游戏，我们的小希望偶尔冒出来，现实随时就砸了下来。但要想继续玩下去，要想玩得痛快，坚持住希望不放弃，这种信念一定要有。信念就是你用之不尽、取之不竭的游戏币。

所有的决定都不是在条件好到万无一失的地步才做出来的。就像“为什么要跑步”的最佳答案，就是想试试看，看自己竭尽全力的时候，能跑多远。

喵记日式乌冬面

鲣鱼片、海带、乌冬面、豆腐、清酒、酱油、海苔、葱、盐。

1 海带煮汤，捞出海带；用海带的汤汁煮鲣鱼片，加入清酒，捞出鲣鱼片，得到海鲜高汤；

2 把豆腐切成片，放在油中炸成金黄色。捞出后放在热水中煮一会儿，尽量把油都煮出来，再把豆腐捞出沥干；

3 将海鲜高汤倒一半进汤锅里，加入酱油、糖和煮过的油炸豆腐，将油炸豆腐煮到入味；

4 清水煮乌冬面，三分钟即可；

5 捞出乌冬面，放入碗中，上面摆上一块油豆腐，撒一些海苔丝或者葱丝，倒上另一半海鲜高汤即可。

红米肉松饭团

你弯成一张弓，
而我成了弦上的箭

每次离开外婆家，左璐都要和外婆展开一场行李箱“争夺战”，而战败的总是左璐。她拗不过外婆，只好任由她塞满各种各样的吃的：腊鱼、腊肉、自制咸菜，以及做好了可以随时吃的红米肉松饭团。

——

高考最后一科考完之后，左璐最先和外婆通了电话。

外婆问她：“怎么样啊？”

她咯咯地笑：“早餐、午餐和晚餐，都贼好吃，哈哈。”

外婆也跟着咯咯地笑：“那你考得应该不差，因为吃货永远不会跑题！”

左璐确实考得很好，她以全校第二名的成绩考上了北京的一流学府。录取通知书送到家的那天，左璐举着通知书在外婆面前跳来跳去。她得意地说：“等我到北京混好了，就接你去北京住，我们去吃北京烤鸭，然后去天安门城楼下唱《北京的金山上》。”

外婆笑得连眼睛缝儿都没了。然后外婆又忙活了一整个上午，给左璐准备了满满一桌子好吃的。

左璐从小就是外婆带大的。她还穿着开裆裤的时候就被外婆牵着去买菜。

这个做了一辈子饭的小脚老太太，总是慢慢悠悠地走，慢慢悠悠地选，她会仔细地教左璐如何分辨肉是不是新鲜的，豆芽是不是老了，叶子菜是不是打了农药……

外婆从小就在向左璐传输一种人生态度：识食物者为俊杰！

买完菜回到家，外婆就给左璐搬来一个小板凳，让她帮着掐韭菜、剥豆子，又或者拐进厨房里帮忙拿盘子或者簸箕。饭菜做好了，外婆还会给左璐机会，让她一盘一盘地端上桌子，然后分好碗筷……

这些小事情让左璐很得意，也让这个缺失父母之爱的孩子在小小年纪就获得了丰盛的存在感。

左璐对食物的美好记忆，正是从外婆做的饭菜开始的。

每每想家的时候，首先钻进左璐脑海的总是外婆端菜上桌的情景：有加了番茄、肉末、香葱的升级版至尊蛋炒饭；有用米汤煮软土豆、再炒出的美味土豆泥；以及配料比例恰到好处的糖醋排骨……

一家人聚餐的时候，家里人会挑剔外婆做饭的动作太慢了，她就笑眯眯地说："慢工才能出细活，这样我家璐璐才爱吃啊！"

因为爱，每个外婆，都是食神！

在左璐去北京上学的前一天，外婆的表现很失常。她翻看了好几次日历，又前前后后检查了好几遍行李，然后一遍遍地问左璐："是明天走吧？"左璐最初回答得很认真，后来就显得不耐烦了："是明天走，你都问了快十遍啦！”

外婆听出了她的不耐烦，破天荒地不耐烦地怼了回去：“去去去，把门前地上落的树叶子扫干净了再走！”左璐照办了。外婆又说：“去去去，把你书桌上的东西收一收再走！”左璐又照办了。等外婆屋前屋后地转了几遍，实在挑不出什么问题了，又凑到左璐面前，轻声问：“是明天走吧？你的东西全都拿好了吗？”

左璐这才明白，外婆是舍不得她。在她对远方的大都市满心期待、蠢蠢欲动的时候，外婆担心的是几千公里之外的异地他乡，自己的外孙女能不能好好生活。

到北京之后，左璐不是忙学习，就是忙考试，一个学期下来，跟外婆通电话的次数少得可怜。通话的内容也很雷同，无非是吃了什么，去哪里玩了，新认识了几个有趣的人。

左璐一次次地提及当初的那个承诺：“等我混好了，就带你来玩，来吃好吃的，你可要照顾好自己的身体。”

外婆听了依然是咯咯地笑，末了会补充两句：“你过得好就好，不要挂念我。”

就这样一个不小心，左璐的大学四年就过去了。

四年间，每次离开外婆家，左璐都要和外婆展开一场行李箱“争夺战”，而战败的总是左璐。她拗不过外婆，只好任由她塞满各种各样的吃的：腊鱼、腊肉、自制咸菜，以及做好了可以随时吃的红米肉松饭团……这些平常的食物，总能给离家在外的左璐带来莫大的慰藉。

左璐最爱的当属外婆做的红米肉松饭团。每次回家和离开家，外婆都会给左璐准备好几盒子。它既是解馋果腹的美食，更是外婆的巧手智慧和长辈对晚辈的心意。

外婆做的红米肉松饭团就像一个记号，让左璐隔着时空，在成长的迷雾里能感受得到家的存在，就可以笃定地坚持下去。就像一个熟睡中的婴儿在晨曦未明的早晨睁开了蒙眬的眼睛，看见妈妈还在身边，就可以安心地再睡过去。

然而，左璐留在北京工作的第二年，外婆就被查出了食道癌晚期。医生直截了当地告诉家里人："就剩三个月的生命了。"

家里人想瞒着外婆，但外婆从大家的表情里猜了个大概，她态度强烈地拒绝了治疗，要求回自己的小阁楼里静养。等左璐飞机转火车、火车转汽车回到外婆家的时候，外婆已经瘦得没了人形。

她在门口听见外婆跟探望她的人说："活多久不是活，可我活得有意义啊，我们家左璐可是一流大学的毕业生。

"这个命运嘛，其实就是个不耐烦的考官，它总是催我早点交卷，可我不，我会死皮赖脸地撑到最后一刻。因为我家璐璐还要带我去北京呢！”

左璐“哇”的一声就哭出来了。

少年的时间就是晃。用大把的时间彷徨逐梦，只用几个瞬间来突然成长。

等送走了来看望外婆的人，左璐对外婆说：“吃了你二十多年的饭，今天我给你做一次饭吧。”就在她准备说出要做什么的时候，外婆像个小孩儿似的抢着答：“红米肉松饭团！”

左璐用力地点了点头。可当左璐走进厨房的时候，她才意识到，自己空有热情，其实根本就不会。她本想找人帮忙，又或者求助于网络，但她放弃了。她走到外婆面前，轻轻地说：“外婆，你教我啊！”

随后，外婆像回到了二十年前，像教她唱歌、教她买菜一样耐心地教她做饭团。

“淘洗红米和糯米要认真一点儿，还要加点玉米、青豆，这样营养和颜色更丰富。”

“煮米之前，要在水里加点儿盐和橄榄油，这样口感更好。”

“包肉松的时候要小心，不要弄得到处都是，你这么懒的家伙。”

“捏成饭团之后，再在饭团下面垫上一张紫菜，饭团的味道会比较鲜，饭团上面再放几粒火腿。”

“火腿要耐心切，摆放的时候也要耐心。好吃的东西，都要耐心。”

当左璐把做好的饭团端到外婆面前时，外婆却只能笑着看看，因为她已经无法进食了。左璐的眼泪又禁不住地往下淌。

外婆安慰说：“别哭别哭，我们家璐璐长大了，都会做饭了！以后外婆也不用担心你了！”

在外婆心里，会做饭与高分、高薪一样重要。因为她知道，她终将是要离开左璐，而左璐终将要独自去生活，如果照顾不好身体，又拿什么去和生活正面交锋？

直到外婆去世之前，左璐在外婆的指点下学会了很多菜。可外婆始终没法亲自品尝一下。

再后来，每每看着墙上挂着的、露着微笑表情的外婆照片，以及电脑存放的视频里对外婆的承诺，左璐就会哭得泣不成声。

原来，每说一声再见，就是死去一点点。原来，睹物思人的下半句，永远是物是人非。

原来不是每个告别都有时间好好准备，原来会痛的总是让人措手不及。

回到北京之后，左璐吃东西越来越规律，对待人情世故越来越宽容，不乱发脾气，慢慢地有了一颗稳固而强大的内心。

每逢周末，她就会独自穿行在大都市的农贸市场里，并且觉得脚步轻盈、欢喜四溢；当她看到了漂亮的杯盘碗盏、新鲜的青豆和饱满的米粒时，就不由自主想要全部买回家。累了乏了，不开心了，就做一顿好吃的红米肉松饭团或者香喷喷的酱排骨，就不再惧怕生活中的风风雨雨。

她现在唯一害怕的，是听到任何与病痛有关的事。她最大的心愿变成了全家人身体健康。相比几年前迫不及待要去远方看看，她现在更希望花足够的时间在温柔灯光下陪家人吃完一餐饭。

在日本，人们打开便当盒，拿起筷子时会说“itadakimasu”。这句话一般译成“我开动了”。有人开玩笑地说：“这是在提醒食物，我要准备吃你了。”而实际上，其原意是“我从您那里领受‘生命’了，十分感激”。

而你呢，最缺的也是对那些给予你生命的人的感激吧？缺少什么就想得到什么，拥有什么就不懂珍惜什么，等失去之后才明白什么最重要，但已经晚了。

于是，很多的故事来不及真正开始，就被写成了昨天；很多的人还没有好好去爱，就成了过客。

于是，很多人一生只做了“等有时间了再说”与“要是当时做了就好了”两件事，合起来叫“来不及”。

年少的时候，总觉得要离家远远的才好，等真的到了异乡才明白：离得越远，心中就越是牵挂。

人在的时候，总以为来日方长，什么都有机会，后来才懂得：人生其实是减法，见一面就少一面。

是的，来日并不方长，太多的转瞬之间，都变成了人走茶凉。时光偷走的，永远是眼皮底下看不见的珍贵。

喵记红米肉松饭团

红米、糯米、肉松、火腿、玉米、青豆、紫菜、橄榄油、薄荷、盐等。

1 将红米、糯米、玉米、青豆洗净后放入电饭煲中；
2 加入适量的橄榄油、食盐；
3 红米饭煮熟之后搅拌均匀；
4 先铺一层米饭，再盖一层肉松，捏制成饭团；
5 饭团放置在紫菜上，再在饭团之上摆放火腿，最后加薄荷装饰即可。

莲藕排骨汤

纵使岁月漫长，
然而值得等待

尽管吃完这碗莲藕排骨汤，阿力要厚着脸皮去央求房东，再多给自己的房租宽限几天；尽管他要把上个月辛苦攒下的四千块，寄给因胃病在老家住院的老妈；尽管在不到十平方米的房间里，还堆着十三台电脑等着他熬夜修理……可是，这又有什么关系呢？

——

准备好食材，阿力假装很生气，对着准备好的食材喊着："喂喂喂，你们仨，莲藕、排骨和姜片，都过来，开一个小会。"

阿力故意顿了顿："真是奇了怪了，你说你藕，比骨头还硬，那么难切；你排骨比藕还胖，那么难剁；就对你姜片的印象好点儿，可你居然还讲排场，非要先去泡个热水澡。现在，你们仨好好反省，六十分钟后，给我一个交代！"

说完，阿力把它们扔进了石锅里，开小火炖！

做莲藕排骨汤，最难挨的便是等待了。排骨不着急，藕也不着急，它们像是暗暗地较着劲，看谁能熬过谁，看谁能把谁耗成骨头水……

等到排骨和莲藕在石锅里"颤颤发抖"，不大的屋子里充满了藕汤的香气时，阿力也变得越来越兴奋。他推搡了一下在椅子上睡懒觉的大猫，再神经兮兮地戳了一下猫的脑袋说："莲藕排骨汤，我的最爱，可惜没有你的份儿！"

猫半睁着眼睛，白了他一眼，又倒下去睡了。它的潜台词是："力的作用是相互的，你就使劲戳我吧，明天，你的沙发上会多出好几个洞！”

阿力是武汉人，武汉素有“无汤不成席”的说法，所以他偏执地认为，不喜欢吃莲藕排骨汤的人，不能算作武汉人。

等到莲藕炖出粉红色，清香扑鼻而来的时候，藕身已经粉了，排骨也烂了。阿力盛出一大碗堆着排骨和藕的汤，再在上面撒上切成细丝的小葱，再加上几根香菜。绿色的作料既添香，又增色。藕汤上面，还蒙着一层薄薄的粉白色汤衣……阿力夹起来一块藕，用力地吹了一下，这是吃排骨炖藕的标准动作，然后他就迫不及待地开动了。

作为排骨藕汤的“铁杆粉丝”，阿力很内行。

比如他说：“排骨炖藕的精髓在藕上。买错了藕，就算把石锅炖漏了，藕也粉嫩不起来。而武汉莲藕无疑是最合适的。它清甜、少渣，是别的地方出产的莲藕无法比拟的。最要紧的是不要用藕尖和藕梢来炖，藕尖太嫩了，藕梢有水腥味。”

“炖藕汤必须用小火，煨到肉烂脱骨就是刚刚好，此时的藕吃起来粉糯又不失清脆，再配上一口香浓清甜的藕汤，那感觉就像是不虚来此人间一趟！”

“炖好的藕一口咬下去，口感如栗子般绵软，既香又甜。再一拉扯，藕丝如同胡须一般，在吃的人的面颊上挠挠绕绕。像是进了老家的弄堂，蛛丝粘在了脸上。”

“丝太多了不行，说明藕老了，丝太少也不行，说明藕太嫩了，过于粉嫩的藕淀粉就少，吃起来不香。所以选藕的时候，不能心存侥幸。”

阿力一口藕、一口汤、一口肉地吃着，有条不紊地满足着自己的味蕾和胃，一边对自己的手艺赞不绝口，“我简直就是个天才啊！”，口气像是在夸别人。

瘦瘦高高、平日里胃口不大的他，头一回把一大碗藕汤吃了个精光。吃爽了的阿力把碗筷子往桌子上一扔，再把那只不耐烦的猫咪举过了头顶。那一脸的顽皮劲儿，就像是平日里成绩一塌糊涂的孩子，头一回捧着奖状回家。

可现实呢，阿力没有天真烂漫的本钱。从降临人世开始，阿力的人生就像是在玩过山车：自从父母离了婚，大学刚毕业，他就被迫开始辗转于不同的城市，从事着不同的职业，修过电脑，装过监视器，卖过盗版碟，被朋友骗过，被警察撵过，也在凌晨三点还被肯德基喊去维修机器……

有一阵子，他混得相当不错，甚至在某城市的中心地段租了一间商铺。本以为可以大干一场的时候，一群地痞流氓缠上了他，三天两头堵在店门口要钱，否则就是泼油漆，砸玻璃门。他抗争过，然后被打了；他报过警，然后警察来了又走了。无奈之下，他把店铺卖掉，逃命似的躲到了另一个城市。

在旁人来看，阿力的折腾就是一个四处漂泊、为了养家糊口的人在努力挣生活罢了，可阿力逢人就说："我是在追梦！"他的梦是什么呢？认识他的人都知道：光宗耀祖，富甲一方。

好在阿力懂得自嘲，他常说自己始终和梦想保持着一种若即若离的关系。

比如，他说要光宗耀祖，他就成了同龄人里最先有孩子的人；他说要出人头地，他就成了同班同学中最早创业的人；他说要赚到足够多的钱和名誉，然后能和比尔·盖茨一起吃晚餐，他就成了全校组装微软系统最快的人……

认识阿力的人，没有谁嘲笑过他的梦想。虽然开始会觉得他是在做白日梦，但很快，大家都被他诚恳和坚持所打动。就好像说完这些话，他的梦想就会马上实现那样认真。

他每次说完梦想都会乐呵呵地来个总结陈词："梦想嘛，要不怕穷，不怕等，不怕成不了真。"

在阿力看来，做梦的过程，就像是在做一份稳定的、持久的工作，就像在走一条颠簸的、长远的路，但到路的尽头，肯定有一个天大的奖赏，在等着自己。就像是越觉得累，越觉得不可能，就越要认认真真地犒劳自己一顿排骨炖藕。

吃饱了就会身心愉快，会神经抖擞，会不把顽固的事实放在眼里，会觉得自己有本事跟彪悍的人生开个玩笑！

“有梦为马，随处可栖”大概就是形容阿力这类人的吧。尽管吃完这碗莲藕排骨汤，他要厚着脸皮去央求房东，再多给自己的房租宽限几天；尽管他要把上个月辛苦攒下的四千块，寄给因胃病在老家住院的老妈；尽管在不到十平方米的房间里，还堆着13台电脑等着他熬夜修理……

可是，这又有什么关系呢？他从来没有放弃过变好的努力，也没有更换、降低过自己的梦想，就像他最爱的美食一直都是排骨炖藕，就像他从未降低过对排骨和莲藕的要求；就像他最想请客吃饭的人一直都是比尔·盖茨，就像他从未放弃过光宗耀祖和富甲一方的美梦。所以尽管他是忙碌的，尽管他尚未成功，可是他一直在努力，并且保持乐观。虽然慢，但从未停下。

是的，藕的通透，排骨的韧性，阿力全都有！

你看，当一个人做出了决定，有了不变的梦想，他就不怕赢，不怕输，他只是去做，然后等待结果。就像法国作家安德烈·纪德在《人间食粮》中写的那样，“我生活在妙不可言的等待中，等待随便哪种未来”。

其实，谁都不必羡慕电影人物的好运气，也不必嫉妒小说人物在经历厄运之后的坚强和洒脱。生而为人，就免不了现实的羁绊——被家人、生活、感情；也免不了梦想难以成真的事实，或时运不济，或能力欠佳。

但你要知道：电影导演和小说作者常常大笔一挥，便白驹过隙；翻一页，他便能起新章；切换个镜头，便是十年之后。电影、小说里的人物的千帆过尽、苦尽甘来、往事随风，都太过于轻描淡写了。而你，你的每个凄清夜晚，每次失魂落魄，每个漫漫无期的等待，每次哭成一摊烂泥，都要由你自己慢慢来熬，慢慢来扛。

上天可以残酷到，在一分钟那么短的时间里，给你十个理由去软弱、去放弃、去迷惘，可你怎么都等不到它的那一句“多年以后”。然而，命运这种东西，很多时候就是要被踏于足下的。如果你一时还没有力量去反抗它，那就怀着勇气，耐心等待。

在等待的过程中，管他距离世上最伟大的梦想有多遥远，管他去往梦想之路有多少坎坷曲折，管他是匍匐在地上，还是佝偻着前行，都不会妨碍你得到细微却真实、辛苦却怀有希望的那种快乐。

人生都是走着走着就开阔了，现在的你，不用着急。让未来的、本就该属于你的树再长长，让那些花再开开，等你遇见的时候，才是它们最美的时候。

喵记莲藕排骨汤

武汉莲藕、排骨、生姜、小葱、大蒜、胡椒面、香菜。

1 新鲜排骨斩成 3 厘米长的节；

2 藕洗净，用刀背拍碎成自然块；姜、蒜拍碎；小葱、香菜洗净对半切备用；

3 将排骨在沸水中焯一下止血水，捞出和碎姜入砂锅，小火烧开后，下藕入锅，改中火熬 30 分钟，去浮末再改小火熬 30 分钟，再加盐、胡椒面调味；

4 上桌时撒上香菜即成。

青椒肉丝

你别皱眉了，我走就是了

雯子要了半斤肉，又挑了两个青椒，熟练地做了一份青椒肉丝。在开吃之前，她努力地安慰自己："他根本就不值得爱嘛！"吃了几口之后，她又突然觉得："什么啊，他根本就不值得恨！"

——

"我是山间雀，却想做你的笼中鸟；你是少年猎人，却一心想捕猛兽。"

"也许是因为喜欢你太久，以至于有了错觉，以为你已经专属于我了。"

"但请你放心，我决定要放弃你了。如果这个世界因你而来的苦楚和快乐可以相互抵消，那么我现在，既不爱你，也不恨你。"

雯子给那个他连续发了这三条消息，就正儿八经地开始了单身生活。虽然明面上，她摆出一副好聚好散的无所谓模样，但实际上，她哭了好几个白天黑夜。

削苹果的时候，雯子内心的声音是："如果苹果皮没有断掉，就让我们继续在一起吧。"

坐在阳台上发呆的时候，她内心的声音是："如果那朵月季的花瓣恰好是偶数，就让我们继续在一起吧。"

下楼梯的时候，她内心的声音是："如果台阶刚好是奇数，就让我们继续在一起吧。”

在街上打车的时候，她内心的声音是：“如果三十秒钟有车停在我面前，就让我们继续在一起吧……”

雯子祈求了一万次“会继续在一起”，换来的却是他不耐烦的一句：“你烦不烦啊？”

这几个字像一根鱼刺卡在雯子的喉咙里。“出去转转吧。”雯子给自己提了一个建议。

出门左转两百米是一条小街，更准确地说，是一个摊位挨着摊位的小农贸市场。猪肉切成大块的长条悬挂在铁钩上，暗红色的木板后面立着一位笑脸迎客却又面色血红的屠夫；猪肉摊左边是个菜农，正在用扎了很多小眼的塑料瓶往竹筐里洒水，筐里堆满了青菜、辣椒和紫茄子；不远处是卖鱼的、卖鸡鸭鹅的……

行人在小街的中间穿行，有的在讨价还价，有的在催人让路。混乱、喧嚣、俗不可耐，但好在都很有精气神儿。

“买点儿菜吧”，雯子又给自己提了一个建议，“要不就做一个青椒肉丝！”

她显然被自己的这个“要不”给吓着了，因为这是无意识的情况下产生的想法，而青椒肉丝是那个他最喜欢的家常菜，也是雯子最拿手的。

当“青椒肉丝”四个字出现在脑海中的时候，过往的甜蜜回忆像是被输对了密码，瞬间喷涌出来。

那时候，两个人的日子多美啊！整天有聊不完的话题，时时都怀揣同一个明天，心情好得就像是黄色的罗马烟火，不停地喷着花。

不论是工作，还是生活，他们几乎是二十四小时黏在一起。也就是在那段时间，雯子从一个饭来张口的小公主变成了一个自食其力的女主厨。

她知道炒青椒肉丝要讲求顺序，知道醋一定要在糖和酒之后加，否则糖不易溶解，酒的香味也很难挥发出来；她知道盐要在肉丝八成熟的时候加，否则会让肉质变老。

她知道酱油要最后加，以免其中丰富的氨基酸被高温破坏；她还知道炒青椒肉丝不能加味精，知道糖一定要在盐之前放，否则盐的脱水作用会让肉变老，甜味不能渗进原料，造成外甜里咸。

然而，美好的时光总是马不停蹄。两个人的关系很快就变得沉重起来，就像是糖和盐的顺序放错了。他变得敷衍、没有耐心，可聊的话题突然就聊完了，可以一起畅想的明天突然就失去了趣味，就像肉炒过头了。

那个他可以一整天不说话，开始借口吃不惯雯子做的饭菜，开始把精力倾注在游戏上……再后来，他提出了搬家，说他要去追求诗意和远方了。

最难过的事情莫过于此，你曾经深爱的那个人，此时已经变成了另一个人，他的口味、语气、眼神，全都变了样，他的笑意、调侃、不耐烦全都走了形。就像是突然之间，全世界都不要自己了！

曾经殷勤关切的“你怎么了”，渐渐变成了无比冷漠的“你又怎么了”。

爱情的运行轨迹是大体相似的，敷衍即表示谎言已经开始，冷漠就意味着感情即将结束。

雯子被卖肉的屠夫从回忆里拽回到了现实之中：“喂，你到底买不买啊？”

她要了半斤肉，又挑了两个青椒，然后把自己一步一步地“搬”回了家。进门之后，她直接进了厨房，然后熟练地做了一份青椒肉丝。

在开吃之前，她努力地安慰自己：“他根本就不值得爱嘛！他敷衍得这般明显，我怎么可能不去理解？”吃了几口之后，她又突然觉得：“什么啊，他根本就不值得恨！”

等到雯子把这一盘子脆不泛生的青椒和嫩而入味的肉丝都消灭

了，她心满意足地笑了。这是发自内心的笑，是决心要好好过好一个人的日子的笑。

原来，当一个人做了决定，她就会突然变成另一个人，变得不再抗拒已经改变了的生活，变得能平静地接受因为改变而产生的更好或不好；变得更加通透，能够清楚地知道，这一切不是命运的问题，也不是生活的刁难，而是自己的问题。

一味地“选择性记忆”和“强制性忘记”，都不过是在自欺欺人罢了。

有人说：“一段关系的开始需要吃五百顿饭，喝五百次酒，还需要五百个日夜的推心置腹，但是往往分开只需要五秒的告别。”

有时候想想，感情真的是一件挺讽刺的事情，你费了那么多的力气去经营、去维护，最终不到几秒钟就分道扬镳了。

更讽刺的是，你的那些难过无助，以及一次次忍耐的眼泪，他都看不见。就像堤坝下逐渐因侵蚀而拓宽的裂缝，他能看见的，只是它崩溃的那个瞬间。

从最开始的撕心裂肺到后来的泰然自若，这中间夹杂有多少翻来覆去，多少苦不堪言，多少死去活来。他一点儿都不知道，这中间你有多少次死心的时刻，但因为舍不得，所以又很快地重整旗鼓，他更加不知道。乃至到最后，你一个人被绝望灌满了，平静地离开。

当分离来临的时候，很多情景就好像变成了命中注定，注定要遇见，注定空欢喜一场，注定要分开，注定要难过……连逃都逃不掉！大人之间的感情，本就是不能追问，是不再解释，是心照不宣，是突然就走散的……是一种冰冷的默契。

但谁不是这样呢？这就是实实在在的人生，它既值得被想起，又庆幸曾经历！所以，别去否定他的爱，也不要从细枝末节中去寻找希望。他爱或者不爱，都感谢这一程有他相伴。不论结局，感谢相遇。

所谓成长，就是懂得珍惜所有的相遇，也懂得尊重所有的失去。

心仪的大衣卖光了，就去买一个漂亮的包包；常去的饭店歇业了，就去旁边吃一碗好吃的汤粉；爱慕已久的人不喜欢你了，就好好学习、努力工作，去变成更好的自己，去挣更多的钱……

你有无数多的方式可以哄自己开心，也有无数多的选择可以让生活过得更好。

记住，没有谁是不可取代的，就像没有什么味道是专属的。

辣味不是只有辣椒才有，还有黑白胡椒、姜、蒜……

甜味不只有糖，还有蜂蜜和各种甜味剂……

酸味不只有醋，还有柠檬和山楂……

时光兜兜转转，那些不期而遇，都变成了不欢而散。但不欢而散其实也是一个很好的结局，因为你既不会再去患得患失了，也不用再做无谓的期盼了。

不要说，离开以后还会想念；不要说，分手以后还是朋友。离开一个地方，风景就不再属于你；错过一个人，那人便与你无关。

最好的心态是，接受每次的不期而遇，也接受所有的不欢而散。

喵记青椒肉丝

猪肉、青椒、油、盐、味精、酱油、淀粉、豆瓣酱、料酒。

1 猪肉切成肉丝，加入料酒、盐、味精、淀粉拌匀；

2 青椒切成丝，加入盐拌匀；

3 锅内加油八成热，加入豆瓣酱，炒香后加入肉丝；

4 肉丝断生后加入料酒和酱油拌匀；

5 加入青椒丝炒匀，出锅加明油。

我不再是我生命中最重要的人了

——清蒸武昌鱼

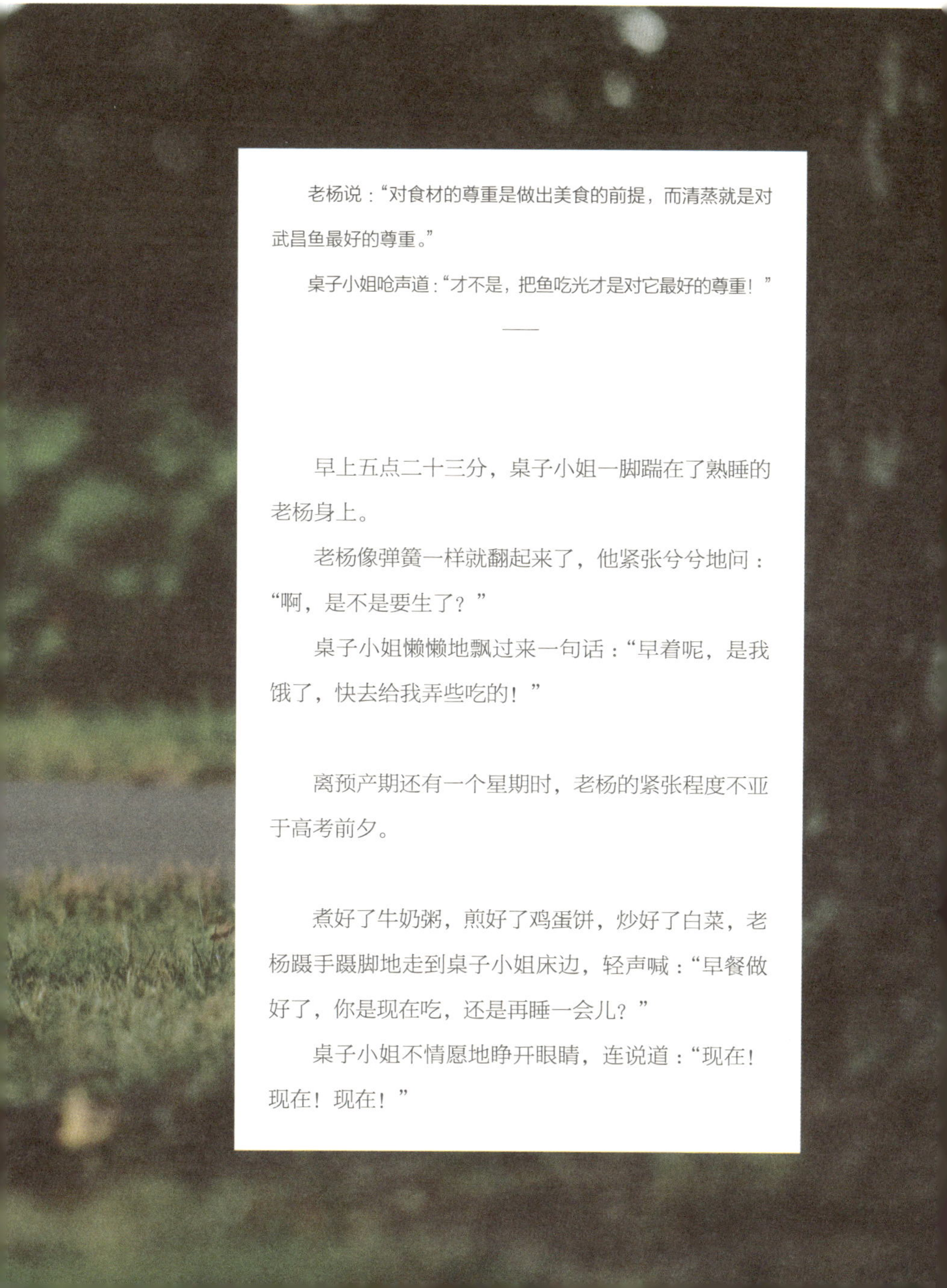

老杨说："对食材的尊重是做出美食的前提，而清蒸就是对武昌鱼最好的尊重。"

桌子小姐呛声道："才不是，把鱼吃光才是对它最好的尊重！"

早上五点二十三分，桌子小姐一脚踹在了熟睡的老杨身上。

老杨像弹簧一样就翻起来了，他紧张兮兮地问："啊，是不是要生了？"

桌子小姐懒懒地飘过来一句话："早着呢，是我饿了，快去给我弄些吃的！"

离预产期还有一个星期时，老杨的紧张程度不亚于高考前夕。

煮好了牛奶粥，煎好了鸡蛋饼，炒好了白菜，老杨蹑手蹑脚地走到桌子小姐床边，轻声喊："早餐做好了，你是现在吃，还是再睡一会儿？"

桌子小姐不情愿地睁开眼睛，连说道："现在！现在！现在！"

跟肚子饿了相比，赖床简直不堪一击。

餐桌上，桌子小姐一边喝着牛奶粥，一边故意“找碴儿”。

“老杨，你咋那么黑？”

“你也没有多白啊！”

“反正比你白。”

“懒得理你！”

见老杨没有继续“迎战”，桌子小姐将鸡蛋饼一口塞进嘴里，然后把脑袋往睡衣里缩，挤眉弄眼地说：“我知道了，你黑是为了‘暗中’保护我，是吧？”

老杨无语地翻了一个白眼，然后用两只手捏着桌子小姐堆满了坏笑的大圆脸，从牙齿缝里挤出了一句话：“中午给你做清蒸武昌鱼，堵住你的嘴！”

老杨是湖北鄂州人，鄂州西南部的梁子湖便是武昌鱼的原产地，这里的大闸蟹也是远近闻名。

古人云，“黄山归来不看山，梁子离去不食鱼”，夸的就是武昌鱼的美味。需要说明的是，武昌鱼的名号跟现在的武汉市武昌区没有关系，“武昌”是鄂州的古代名称。

除了会做好吃的，老杨还知道什么季节有好吃的。比如，八月是吃松茸的季节，九月是吃鸡头米的时令，十月的大闸蟹最鲜美，十一月冰糖心苹果要上市了，十二月的腊肠腊肉要早点儿预订……

比起“要什么有什么”的满汉全席，这种“一个时节吃一种美味”的妙处就在于，美好的食物总是逐一出现，不会簇拥着一起上饭桌。正因为如此，品尝的人才会将全部的注意力都放在这令人神往的美味上，让人拥有充裕的精力来享受这些略带寂寞的美味。

作为一家小公司的小职员，老杨很上进，但时常对生活感到力不从心。面对朝九晚五的工作，他做不到安于现状，却也无力马上改变现状。

他想要尽孝，但赚钱的速度远远追不上父母老去的速度；他想给家人更好的生活，但是心有余，而智力不足，能力不足。

他有房贷、车贷，以及一个即将出世的宝宝。他的爸爸妈妈已经五十多岁了，为了减轻他的经济压力，还要在老家的田间地头里辛苦劳作……

对他来说，空闲、低效、不在状态、做无用功……都像是折磨。

朋友问老杨：“你现在的小日子已经混得不错了，为什么还会焦虑啊？”

他说：“因为年轻的时候，不想拖生养我的人的后腿；老了的时候，不想拖自己生养的人的后腿。”

摆在老杨面前的是簇拥着出现的、隐约不明的、细思极恐的担忧，他既憧憬有宝宝的未来，又害怕未来不能给孩子最好的物质生活，这种担忧常常使他无心过好眼前的生活。这时候，进厨房里做一份自己熟悉、家人爱吃的清蒸武昌鱼，能让老杨暂时从焦虑中悄然脱身。

武昌鱼最常见的做法有三种：清蒸、精炖、晒干腌制，其中以清蒸最常见，也最美味。

老杨说："对食材的尊重是做出美食的前提，而清蒸就是对武昌鱼最好的尊重。"

桌子小姐则呛声道："才不是，把鱼吃光才是对它最好的尊重！"

老杨去买了一条两斤重的活鱼，他先将鱼洗净，去掉鱼鳞、鱼鳃和内脏，再在鱼身正反面各划了三刀，最后将切成丝的葱姜蒜均匀地铺在如同满月般扁平的鱼身上和狭长得如同窄缝的鱼腹内。然后他就停手了——他并没有急着将鱼上火蒸，而是搁置了两个小时。

新鲜的武昌鱼开膛破肚之后，它会本能地释放一些激素。马上蒸煮的话，口感上会有一些欠缺。先放置两个小时左右，激素会被自然分解掉，鱼肉才会重新变得柔软细嫩。

老杨突然想到了他自己：大概也是因为太焦虑了，所以容易迷失，以至于经常陷入情绪的泥潭里无法自拔。

但明白道理和处置好情绪是两回事。在等待的这两个小时，老杨的焦虑症又犯了，他先是拿出 iPad 背诵了几首唐诗，说是以后教孩子；然后拿出手机练习了几首儿歌，说是方便以后哄孩子；最后又翻了一下类似于坐月子该吃什么的食谱书籍，说是以后照顾媳妇坐月子……

可实际上，他根本就沉不下心来。诗很快就读不下去了，儿歌很快就忘词了，菜谱也翻不了两页。每隔几分钟，他就会过去问候一下桌子小姐："你感觉怎么样了？有没有要生的感觉？"

桌子小姐被他烦得不行了，就甩了一句："有多远，滚多远！"老杨颠儿颠儿地就往门外走，小声嘀咕道："你一定是吃鱼骨头长大的，说话都是带刺的。"

被桌子小姐从卧室里轰出来，老杨准备动手蒸鱼了。清蒸的好处很多，食材少、时间短、味道好，同时还最大限度地保留了食物的鲜美和营养。但是对清蒸的要求也很多，其中对外观的要求最高，蒸之前不能随便摆放，蒸之后不能弄破鱼皮，否则它的"看相"会很糟糕。

毕竟，颜值即正义。

大火蒸了七八分钟，关火闷了五六分钟，最后淋上几滴蒸鱼豉油，清蒸武昌鱼就做好了。当老杨把这盘颜值爆棚的美味端上桌的时候，桌子小姐的眼睛里满是口水。在她迫不及待要动筷子的时候，老杨说：“不能白吃啊，你得给我点儿奖励！”

“快说快说，你想要什么？”

“夸夸我就行！”

“这个容易，”桌子小姐张嘴就来了，“说起我老公的优点，总结起来就是五个字——真会挑媳妇。”

三天之后，老杨喜得贵子。送走了来道喜的亲朋之后，老杨握着桌子小姐的手说：“生活真是奇妙。你看，我喜欢长头发的姑娘，想养一只雪纳瑞，希望生个女儿。结果你偏偏要留短发，坚决反对我养狗，并且给我生了一个儿子，可我却丝毫不觉得难过，反倒是发自内心地觉得幸福。”

桌子小姐轻声说：“因为爱和美食，你都没有辜负啊！”

给儿子取好大名的那天，老杨在日记本里写道：“想要接管你，就想为你特制一部法典，精细到你的指甲和眉目应该像谁；准备宠溺你，就想拆掉你的门窗和走廊，任由你飞或者游，去追随飞禽与走兽。我正这样踌躇地爱着你，一副不知所措的荒唐样子。”

儿子满月那天，老杨幸福地在朋友圈里写道：“亲了儿子的脸一下下，他就露出了‘银行密码错了三次’的表情；尿了我一身，他露出了‘啊哈，今天天气不错’的表情。”

儿子百天的晚上，老杨盯着熟睡的儿子说：“就这么漫不经心地

长了三个多月，你还是没想好到底要像谁。那就随心所欲地长吧。脚丫子那么像你妈妈，聪明劲儿有一点点像你爸爸就行。至于你妈妈的玻璃心、小心眼、勤勤恳恳与节俭，你爸爸的虚荣心、上进心、固执己见和胆怯，全都悉听尊便。”

是的，他不再是他生命中最重要的人了，但对他而言，每一个简单的日子，都会因为这个世界存在着比自己更重要的人而有了天壤之别。

焦虑面前，其实人人都是平等的。

在命运的长河里，每个人都会焦虑一阵子，迷茫一阵子，纵然狼狈但还会强调自尊；曾彻夜研究人生那些难搞的事情和没有答案的问题，妄图一蹴而就或者祈求一世无忧……但是，在不近人情的现实面前，爱和美食能够让你在迷茫的一生中，有所慰藉、明确方向，并且保持前进的动力。

就算是极其普通的日子，也要用好吃的让今天变得值得庆祝；若是极其糟糕的日子，更要用美食来替自己打打气。

这个世界很粗暴，充满了出乎意料，经常会有不如己意。你永远猜不到生活会在哪个路口给你一个坎儿，也料不到它会在哪个阶段给你一个陷阱。但你不能因此丢掉了人性中最柔软的部分——爱的能力。

你不仅要爱自己，还要爱别人，爱这个世界。因为你热爱这个世界时，才真正活在这个世界上。趁着自己还有热情与这个世界交流时，你要把生命演绎得尽可能好看一些。

余生很长，何必慌张？谁不是千疮百孔，却又砥砺前行？

愿你与这世间一一过招，最后仍赞春花与秋月。

愿你用干净的、纯粹的自己去面对繁杂的、焦虑的生活，即便是堕落凡尘，依旧是知书达礼的模样。

喵记清蒸武昌鱼

武昌鱼、葱姜蒜、料酒、蒸鱼豉油、芝麻油等。

1 将鱼清洗干净，去掉鱼鳞、鱼鳃和鱼腹内的黑膜；

2 将鱼的正反面各划三刀，并在刀口上撒盐，同时在鱼身上也抹上些盐；

3 把鱼放在鱼盘里，把葱姜蒜丝放在鱼腹和鱼身上；

4 认真摆盘后放置两个小时；

5 蒸锅里放水，大火烧开后，放入鱼。大火蒸八分钟，之后关火，不要开盖，利用余温虚蒸五分钟；

6 按口味浇上蒸鱼豉油，或者另撒一些葱姜蒜丝。

敬往事一杯酒，再爱也不回头

陈醋花生米

“她现在应该过得很幸福。”他说不清楚怎么得出这个结论的，但他相信自己的感觉，就像用筷子夹着花生米一粒一粒吃，就是感觉比用勺子舀满了一口吃下去的味道好。

——

王俊的初吻是在高三那年被夺走的，记住“被夺”很重要。

在那个“有一丁点儿想玩的念头都是犯罪”的关键期，谈恋爱简直可以被判无期。可长相一般、成绩一般的王俊却“被恋爱”了。同他“恋爱”的女生叫刘迪，在一次大冒险游戏中，她被下了“指令”:“请 kiss 在本教室离你最近的一位异性同学三秒钟。”刘迪二话没说，扭头就抱住了她后桌的脑袋，用力地吻了下去。

后桌就是王俊。

王俊愤怒地推开了刘迪，像个被调戏的良家妇女一把推开了流氓。然后，他浓眉紧锁，满脸通红，用凌厉的眼神盯着周围哄堂大笑的同学，最后锁定在刘迪身上，像看着一位仇人。

他始终是一言未发，却将他的愤怒表达得分外明确。对于不常说话的人来说，表情是最响亮的语言，仿佛是他随身带着的袖珍戏剧。

王俊几乎没什么朋友，他就像是三年十七班的黑洞，所有的八卦消息都会在他面前戛然而止，所有明媚的光线都会在他身上变成黑色。可刘迪却偏偏中意他，在“强吻事件”发生之前，刘迪是全班唯一一个能意识到王俊没吃中午饭的人。

但刘迪不知道的是，王俊宁愿全宇宙都忽略他，而不是将他置于风口浪尖之上。

刘迪被王俊的表情吓着了，她事后主动道了歉，还写了十几张小纸条，但似乎并没有被原谅。

更糟糕的是，在第二十张小字条递过去的时候，老师朝刘迪扔了粉笔头，同学们的眼光再次齐刷刷地聚焦在了王俊身上。

绯闻开始传了起来，“他们俩一定是在谈恋爱”“胆儿真够肥的啊”“那也不般配啊，王俊哪配得上刘迪”……原本是“流言绝缘体”的王俊突然变成了舆论的焦点，这让他很烦躁。

他的成绩还没有好到足以让家里人安心，他的家里人也没有开放到可以纵容早恋。

当老师以负责任的态度将教室里的事情告知王俊的家长时，王俊对这个世界的恨意被迫进一步加深了。他早就厌倦了那个整日都是争吵的家庭，对于爸爸扇过来的巴掌和妈妈充满了火药味的说教，王俊一句解释都没说。

他照旧沉默着上学、放学，依旧孤零零地上课、自习。他对抗世界的方式从来都不是全副武装，而是努力让这个世界看不见自己。

但是，不论王俊如何乔装、如何隐藏，刘迪总能一眼找到他，一眼望穿他，更关键的是，刘迪有一百个让王俊搭理自己的理由。

比如主动问候早安和午安，主动问起练习册上的方程式怎么解，主动把拧不开的水瓶递过去……虽然王俊对刘迪心怀芥蒂，并且一度充满了怨恨，可当他意识到，可有可无的自己一直是被刘迪当成特别关注的时候，他的态度变了。

渐渐地，王俊会去提醒刘迪“有人在你后背贴了‘我是笨蛋’的字条”，他会在她热情洋溢的一句“早上好”之后回一句淡淡的“早啊”……他不再反对刘迪在上自习的时候坐到他旁边，也不再为同学们或真或假的玩笑话而刻意和刘迪保持距离。

在王俊看来，只有刘迪的“早上好”是发自内心的问候，不同于其他人，其他人的“早上好”只是他们每天早上要说出来的几十次“早上好”中极其普通平凡的一次。但刘迪的“早上好”则充满了诚意，就像是一扇门，能够把糟糕的一天关上，把美好的一天开启。

在高三那个短得可怜的寒假，王俊和刘迪一起去爬了满是荒草的无名山头，他们在矮得可怜的山顶上说出了豪言壮志，在颓败的风景面前描绘了华丽未来，最后在犀利的冷风中吃了一顿黑不溜秋的失败烧烤。

但是，他们到高考结束了都不曾提起过爱情。自卑的王俊认定了，这个可爱的姑娘终究是会嫁给一个优秀的人，她会对年少时的情怀矢口否认，她不会记得自己曾经在某个无名的山头、花了半个小时为她烤过一根香肠；她当然也不会知道，为了这根烤肠，他用光了人生中为数不多的唠叨和一整瓶的烤肉酱！

高考之后，王俊选了一个离家很远的大学。两个人几乎就失联了。

他曾打听过刘迪的消息，还从同学那里拿到了一个据说是她用过的电话号码。他考虑良久，终于在睡前发了一句“晚安”给她，然后他一晚上醒了七次，梦里都梦到她好像回了消息，可打开一看，什么都没有。他忍不住拨了过去，听到的却是“对不起，您拨打的用户已停机”。

后来，他在离家很远的地方念完了大学，又在离大学很远的地方找了一份工作，娶了一个同样是离家很远的姑娘做媳妇，过上了离梦想很远的生活。

远离最大的好处就是，你可以借此改写自己的过去，抛却那些不愉快的旧事，然后假装它们从来不曾发生。

我已经不想因为任何人

产生任何情绪上的失控。

他日复一日上班下班，为了房子和车子，他感觉自己在原地转圈，他感觉整个世界无聊至极，他甚至觉得，除了时间流逝，周围的一切都是静止不动的。

但是，一些微小的变化却又在时刻提醒他：世界其实是无情地运动着。比如银行里逐渐减少的存款，比如皮肤上逐渐张大的毛孔，比如身体里逐渐黯淡的才气和脾气，比如心中逐渐模糊不清的面孔，以及那个快要荒废了的名字。

两个人的再次见面，已是在十年之后了。那是春节期间组织的一次同学会上，两个人相视一笑，却两两无言。

能说什么呢？无非是，往事如水，杂事一堆！

聚会上，王俊照旧是一言不发，却喝得酩酊大醉。

他在心里朝着自己两点钟方向的那个举止端庄、笑颜生花的姑娘问候了十几遍“你过得好吗”，却在那个姑娘逐个敬酒的时候，独自一人去了洗手间。

他对着镜子里那个醉汉说：“如果我没记错的话，高三那年，那个姑娘对你说了109次‘早上好’，81次‘这道题怎么做’，57次‘我会啦’……”

当两个人的故事已成往事，最难堪的莫过于，一切还清晰如昨。

聚会的尾声，班长开了个玩笑："看看时间，又到晚上八点五十了，咱们该上晚自习了！"

可惜的是，钟表可以回到当初的刻度，时间却不再是昨天。

回忆这种事情，后劲儿比酒精大得多。

聚会很快就散了，大家各自回家，他们俩始终没再问候。

出了饭店，街道上灯火通明。王俊却没来由地念起了北岛的诗："世界小得像一条街的布景，我们相遇了，你点点头，省略了所有的往事，省略了问候。"

念着念着又开始伤感了起来，就兀自一人找了个临街的小店，对老板说："一碟陈醋花生米，一盘臭豆腐干，一壶白酒，白酒给我温一下。"这个组合是他的最爱。

王俊抿了一口酒，然后往嘴里连续送了五粒花生米，再夹一块臭豆腐干。他一边咀嚼一边自言自语："她现在应该过得很幸福。"

他说不清楚怎么得出这个结论的，但他相信自己的感觉，就像用筷子夹着花生米一粒一粒吃，就是感觉比用勺子舀满了一口吃下去的感觉好。

想到这儿的时候，他笑了，然后把杯里剩余的酒一口灌了下去。

陈醋、白酒和往事，都是历久弥香。而花生米与臭豆腐干同嚼，有火腿的滋味。得出后面这个结论的据说是大文人金圣叹。

坊间传闻，说当年在含冤问斩之前，金圣叹以花生米、臭豆腐干和酒为自己饯行。没吃几口， 就到上断头台的时间了，牢头让他写份遗书，金圣叹一挥而就，然后慷慨赴刑场。金圣叹的儿子将遗物领回之后，发现遗书上写着这样一句话：“臭豆干臭，花生米香，香臭兼备，滋味胜似火腿强。”

喝到一多半，他看见酒馆门口摆着的两棵无花果树正春意盎然。树后面挂着一个牌子，上句有四句打油诗：“一碟花生米，一瓶二锅头。天下有人管，我发什么愁？”

实际上，心里的阴暗是驱赶不尽的，它会一直在那里，你开心的时候，它躲一躲；你难过了，它就跑出来欺负你！但是，一旦你下定决心要活得快活，那么鹅肝配香槟和陈醋花生米配二锅头，就没什么差别。

生命的前方，是无尽的衰老，我们别无选择地跌落其中，遇见然后分别，得到然后失去，想念然后遗忘。那时的笑逐颜开，那时的志同道合，那时的回眸一笑，那时的窃喜与关怀，那时无忧的晴天，那时积水的泥坑，全都一一地消失掉。

从今往后，你该做的是努力过得好，并希望，那个人也是。

喵记陈醋花生米

花生米、香菜、大蒜、洋葱、陈醋、白糖。

1 花生米洗净，晾干，入油锅翻炒，炒熟捞起，晾凉；

2 将香菜、大蒜、洋葱切碎备用；

3 在碗里倒入醋、放入适量白糖；

4 将凉透的花生米、调味汁、香菜、大蒜拌均匀即可。

如果在意体重，那就对不起食物了

水饺

蒋饭桶梦见自己拿奖学金了，但评选的标准是斗地主的豆儿的多少。他还梦见他们寝室四个人都得奖了，高兴得一起吃了三大盘虾仁馅儿的水饺。结果第二天醒来，发现是个梦，气得直跺脚，然后就把斗地主的软件给卸载了，从此再也没玩过。

——

高三的最后一堂课，班主任让大家听写，写全班同学的名字。

那堂课拖了好久，但没有谁有怨言。班主任把三十份听写结果仔细检查了一遍，结果发现只有两个人写错了，而且是互相写错。

刘大伟把蒋新龙写成了“蒋饭桶”，而蒋新龙则把刘大伟写成了“刘不剩”。

作为两个体重接近一百公斤的吃货，蒋饭桶和刘不剩的相似之处很多，比如都有灵敏的嗅觉，博爱的味觉，以及劳模级的肠胃。

他们的无奈之处也是惊人的一致：空有一颗“要减肥”的心，无奈都是吃货的命！

不同点仅有两个：一个是对待肥胖这个事实的态度，蒋饭桶以肥胖为耻，而刘不剩则是不以为然；另一个是体重栏上面的数字，蒋饭桶喜欢填“不到100千克”，而刘不剩填的是“0.1吨”。

因为体形相似，并对吃有共同的“信仰”，他们组成了班级里最稳固的同盟关系。但谁也不曾料想到的是，他们并没有因为体重上的优势帮助班级夺得拔河比赛的桂冠，反倒是在全省作文竞赛中双双捧回了奖状。

为此，语文老师特意安排他们将自己的获奖作文进行了朗诵。当蒋饭桶念到“看着自己努力之后取得了优异的成绩，我笑得像个两百斤的胖子”时，全班都笑疯了。

有人起哄道：“你哪是像啊，你明明就是！”

还有人跟着喊：“评委老师以为这句话是幽默，却不料是真事！哈哈！”

蒋饭桶红着脸走下了讲台，然后把脑袋深深地埋进了书桌里，而刘不剩则站了起来，他对同学们喊道：“笑什么啊？没点儿重量，怎么压得住才华和美貌？”

尴尬的氛围瞬间就从教室里消失了，取而代之的是掌声！

晚自习之后，刘不剩邀请蒋饭桶到自己家里吃水饺，蒋饭桶闷闷不乐地说：“唉，心都碎成饺子馅儿了，还吃什么水饺啊？”

刘不剩拍了拍蒋饭桶的肩膀说：“你还在为语文课上的事情烦心呢？这有什么呢？我觉得胖子挺好，胖子手感好，冬天还省空调；胖子有分量，夏天不怕暴风雨。”

蒋饭桶依然沮丧地说：“可是，胖子好像做什么都不对。去游泳，人会说‘这么胖还敢穿泳衣’；去吃饭，人会说‘这么胖还吃’；待在家里哪都不去也不行！人又会说‘活该这么胖，动都不动’。”

“哈哈。”刘不剩大笑了起来，之后很认真地对蒋饭桶说：“千万不要因为任何人而改变自己。人胖并不可耻，可耻的是把自己的脸PS得尖尖的，来冒充瘦子！”

半个月之后，高考成绩出来了。蒋饭桶和刘不剩都考得很好，遗憾的是，他们被不同的大学录取，而且隔了足足有两千公里。

在高考以前，他们总觉得，高考之后应该是得胜而归的将军那样兴奋，会从心里喷出很多缘由不明的快乐。酷暑天开心，雷暴天也开心，吃饺子开心，吃西瓜也开心，哪怕是出门忘带伞了，被浇成落汤鸡，也会幻想自己像是电视剧里的关键角色，在等着某个重大的剧情反转。

然而考完之后才发现，自己只是个战士，高考只是无数战役中的一战而已。它更直接的意义是，一道分水岭，预示着分离和孤独，预示着未来的世界，需要自己去孤军奋战。

上大学的第一个学期，蒋饭桶有点儿找不着北了，他跟着室友们恋上了斗地主的游戏，而且没日没夜地斗。

刘不剩知道了这个消息之后，就特意在蒋饭桶面前“炫耀”自己，说自己进了学生会，并且第一个学期就拿到了一等奖学金，说当初两个成绩差不多的人，现在差距怎么就这么大呢？

蒋饭桶则只能向刘不剩自嘲道：“早饭可以一个人吃，单词也可以一个人背，但是，挂科这件事儿绝对不能一个人扛。”是的，他们寝室四个人全挂科了。

结果在暑期见面的时候，蒋饭桶给刘不剩讲了这么一个故事。说有一次做梦，梦见自己也拿奖学金了，但评选的标准不是学习成绩和对班级的贡献，而是斗地主的豆儿的多少。他还梦见他们寝室四个人都得奖了，高兴得一起吃了三大盘虾仁馅儿的水饺。结果第二天醒来，发现是个梦，气得直跺脚，然后就把斗地主的软件给卸载了，从此再也没玩过。

刘不剩听完差不多快要笑岔气了！

上大学的第二个学期，蒋饭桶因为身材的原因被喜欢的女生拒绝了，他跟着几个不三不四的人学会了喝酒和夜不归寝。

刘不剩知道了之后，在电话里骂他：“你现在就像是一坨屎！你照照镜子，看你现在是什么鬼样子？高考全校第三名的那个蒋饭桶死哪里去了？”

蒋饭桶嘀咕了一句：“我喜欢的那个姑娘，当着那么多人的面骂我，骂我是死胖子！”

刘不剩回复道：“那又怎样？你应该庆幸自己是个胖子，不开心的时候还可以摸摸自己的肚子。再说了，因为爱吃而长胖的人都是好人啊。我们拼命追求好吃的，就没有时间去害人。像我们这样的吃货，绝对是多多益善啊！”

末了，刘不剩摘了《香蕉哲学》里的一句话，发给了蒋饭桶：

“你所给人呈现的，也许会让人误解你，是怎么样的一个人，但那个形象只是他们自己脑海里主观构建的，也没经过你的同意，所以你不必为其负责。”

那天下午五点半，蒋饭桶罕见地给刘不剩发了一条微信：“你吃了没有，我先发为敬！”配图是刘不剩最喜欢的饺子。

刘不剩马上打来了电话，“今天骂你了，我向你道歉，我是希望你不要随波逐流，不要放纵了自己，日子还长着呢！”

吃饱喝足了的蒋饭桶嬉皮笑脸地说：“Yes，sir。如果不能瘦成一道闪电，晃瞎身边的胖子，那就胖成一片海洋，淹死身边所有的瘦子。做胖子，没有追求不行，要做一个身手矫健、四肢灵活的胖子，要做一个人见人爱、心地善良的胖子，要做一个满腹经纶、认真尽责的胖子。这样的胖子，就是一个高尚的胖子，一个纯粹的胖子，一个有道德的胖子，一个脱离了低级趣味的胖子，一个有益于社会的胖子。”

“滚！”

朋友的意义大概就在于此，就是能够不管你多㞞、多衰，仍会拉住你不放——不许你堕落，不许你沉沦，不许你随波逐流，不许你就此沉睡。

不管通信工具多么发达，相隔太远总是会觉得很遗憾。可能上次看到的时候还是穿着大衣、戴着围巾和帽子，下次再见已经是穿着短袖了。不能看着对方一点一点地变化，只能好久见一次，然后很唐突地说“啧啧啧，好像又胖了呀”。

大三、大四那两年，他们两个人因为考研的缘故几乎没怎么见面。再见已经是毕业前夕了。而此时，刘不剩已经超过了两百斤，而蒋饭桶则瘦到了一百六。

刘不剩假装笑话蒋饭桶：“难怪咱俩关系越来越差了，原来是体重的差距拉大了。体重不在一个级别上，怎么能做交心的朋友呢？连跷跷板都玩不了啊！”

蒋饭桶撇了撇自己的小胡子，说道：“我是为了面试特意减的！不过这会儿，我好饿啊！一会儿去吃点儿什么呢？”

“吃水饺！”两个人几乎是同时说出来的。

啊哈，伟大的头脑总是不谋而合！

俩人吃得饱饱的，再聊了一整夜，第二天，两个人就又要天南海北了。

在送行的机场，刘不剩对蒋饭桶说：“到了陌生的地方，多交几个朋友吧！”

蒋饭桶笑着回复道：“选朋友就只认你，像饺子蘸醋，天经地义。”

谁的人生都不会一帆风顺的，遇到坎儿了，谁的心都有碎成饺子馅儿的时候，但生而为人，我们都需要一个包容的、体恤式的存在，就像饺子皮那样，可以好好地包住饺子馅儿。

毕竟，烦心的事情不会马上结束，糟糕的情绪不会自动消失，就像包好的饺子会被扔进开水里，煮啊、滚啊、烫啊，最后才会变成一个个香喷喷的、白胖胖的、好吃的饺子。

朋友之间，没有这么点儿包裹的韧性，一煮就散了。

愿多年以后，你们彼此仍心存善意，各自努力向前；愿日后相见，你们彼此不是沉默着无从谈起，而是忽然就泪流满面。

愿你们在以后彼此看不到的岁月里熠熠生辉。

喵记

煮冻水饺

冻水饺、食盐、葱段。

1 在锅内放清水，水要稍微多一些，然后加入一小匙盐和大葱，中火开始烧水；

2 煮沸后加水饺（水饺不必化冻），同时轻轻搅动水饺，防止粘锅；

3 加锅盖，中火煮沸；

4 加入半碗凉水，再次轻轻搅动水饺，此时不必盖锅盖；

5 敞着锅煮，煮沸一次加入一次凉水，反复三次后，冻水饺浮起即可。

吃货的

诗情

画意 /

柠檬蜂蜜水

柠檬小姐蒙着盖头，一言不发；蜂蜜先生捏着裤腿，扭扭捏捏。

新婚之夜的他们俩，也不知道是等夜凉，还是等天亮。

睡吧睡吧，照看好彼此的灵魂，

就像一只蝴蝶，照看着一朵花入梦。

苦瓜炒鸡蛋

鸡蛋失恋了，喝了好多好多好多的酒，结果下楼梯的时候把脑袋磕破了。

就在这时候，心碎得像饺子馅儿的苦瓜恰好出现了。

它们对视了一眼，就一起笑了。

然后并排坐着，聊白衣苍狗，聊世事无常，兴致勃勃。

/

蒜蓉娃娃菜

娃娃菜被判了凌迟，同罪的还有胡萝卜壮士。

有情有义的酱油大侠和大蒜先生约好了，说要去劫刑场救人。

可当大火兵临城下的时候，

大蒜先生倒是英勇就义了，酱油大侠却临阵脱逃了。

它借口蝼蚁贪生，变节投敌，从此逍遥法外。

五岁

猫咪在用余光瞄我。

我走到它面前，它就假装没有瞄我。

我对它龇牙、做鬼脸，它就对我翻白眼。

像是在说："逗五岁小孩的把戏，不要用来逗五岁的猫咪。"

老派绅士

圆珠笔先生是个老派绅士，

在和笔记本小姐约会的时候，他就袒露了心声，

说是到了暮年，最最想做的事情，

就是挺着啤酒肚，去枫林里等日出。

不说话

仙人球小姐已经 18 个月没跟我说话了，

我递给她一杯凉白开，她咕咚咕咚就喝完了，

然后，接着不说话。

/

教一棵树开花

老猫在墙角晒太阳，

影子旁边搁着一盆月季花，

我戳戳老猫的脑壳子，问它在干吗？

老猫挤开一只眼，嫌弃地对我说：

“别说话！我在教月季，怎么开花！”

失眠

天亮了，

窗户失眠了一整夜，窗帘也整宿不眠，

他们聊着月亮和矮房子的故事，

津津有味。

坏话

打了一个嗝儿，看见旁边的树，轻轻地皱了眉。

我就起身去，给它浇水，念诗，说花盆的坏话。

想

想长出一只犄角，和满脑子都是刺儿的仙人掌比画比画，

以便确认谁更厉害，

到底是它的外强中干，还是我的草木皆兵。

想长出好多双可以伸长的手，去帮一下穷困潦倒的树先生，

把每一片和他怄气之后、离家出走的叶子们，

都揪着耳朵，拎回来。

/

扭捏

一只约克夏，撒欢地在路上走，

它突然停了下来，然后把尿撒在了梧桐树先生的皮鞋上，

我看见，梧桐树先生整个人都不好了。

他就硬生生地站在马路边上，

七手八脚，都不知道怎么摆放。

我不想谋生，
我想生活

蛋炒饭

他突然意识到，自己依然还是那碗隔夜的米饭，但可以添加酱油、鸡蛋、葱花、辣椒、香肠和青豆，做成可口的蛋炒饭。他不会再因为遇到了一时的困难就踌躇不前，不会因为生活看似是一潭死水就放任自流。

——

有人喜欢猫狗，但是从来都不会亲自去养。因为在这些人看来，饲养实在是太麻烦了，其麻烦程度不亚于为了吃一碗蛋炒饭而亲自去养只鸡。

沪生却是个特例。为了吃一碗蛋炒饭，二十五岁的他不仅养了鸡，还种了两亩水稻。

在人生的前二十二个年头，沪生和那些装着无数梦想却总能找来无数理由去拖延、偷懒、逃避的人没什么两样。他的生活早早地被设定成了“差不多”模式：考了个差不多的大学，找了份差不多的工作，赚着差不多够花的工资……他差不多地过了三年多日复一日的乏味生活，在一个差不多的小圈子里来回打转。

然而，他天生就讨厌抱团取暖，从不对任何人轻易坦露心声。渐渐地，沉默成了他避光保鲜的方式。

他没有尝过社交的乐趣，也没有经历过太大的挫折。人生好像还没开始什么颠簸，就已经被平复；日子好像还没怎么折腾，就可以看得到尽头。

有很长一段时间，沪生总觉得自己的生活就像是一碗隔夜饭——食之无味，弃之可惜。

沪生的改变是从承包了两亩水稻田开始的，他最初的想法是“反正闲着也是闲着”。

从广州往西，坐两个多小时的火车，就是沪生承包的水稻田，因为当地人都外出打工，这里的良田都被廉价出租了。有人用来养虾，有人养鸡，有人养鱼。沪生经朋友介绍，也租了两小块儿。

沪生的水稻田旁边有一间小房子，这原本是用来堆放农具的，后来被沪生改造成了一居室的农家小屋。他每个周末都会来这里待上两天，打扫鸡舍，再跟水稻和青蛙们聊聊天。

是的，除了现实中的蝇营狗苟，他的心中开始入驻星辰和大地。

一个人独住在稻田边的周末，沪生什么菜都不做，顿顿吃的就是蛋炒饭。

从广州出发前，他就买一堆香肠、青豆、辣椒和胡萝卜，到这里之后，他就在鸡笼子里翻找鸡蛋，在后院的仓库里拿出新打的稻米。他一般是周五晚上就到了，然后煮上一大锅米饭，然后晾着。

第二天一大早，他就开始做蛋炒饭。先在锅里下一遍油，把切成丁的辣椒放下去，炒出一点儿辣味，就倒回盘子里；再把两个鸡蛋打进去，看着鸡蛋在锅里冒泡、成形，然后就把隔夜的冷饭倒进去。因为是隔夜的冷饭，所以要费些工夫去摁压和切割，才能让鸡蛋将米饭包裹得更均匀。最后一步是把切好的香肠、胡萝卜、青豆和炒好的辣椒一起倒进去。

等到一锅米饭炒得又浓又黄又香，眼看还有点儿焦的时候，停火出锅。把炒饭盛一大碗，早中晚吃三顿。吃得满嘴是油，连饱嗝里都有蛋香和香肠的味道。

一个人待在稻田边，沪生觉得很快活，觉得在这个陌生却又新鲜的地方做一顿蛋炒饭是无比愉悦的事情。尽管他要学着施肥、除草，需要顶着烈日给稻田灌溉，尽管需要经受来回四五个小时的舟车劳顿，但他觉得这样的忙碌是充实的。

再回到广州时，沪生在火车站附近的彩票店里买了彩票。他之前是对买彩票的行为抱有偏见的，总觉得这是痴心妄想，是想规避辛苦、劳累、努力等基本原则，直接抵达目的地——一夜暴富。

但现在，他对这件事十分理解。彩票变成了一个人的念想，变成那些暗淡无光的日子里为数不多能够闪光的东西，正是凭着这一点光亮，疲惫而平凡的普通人才不至于被这个繁华都市彻底吞噬，

生活是一个等待着鲜花的花瓶。

它可以脆弱得不堪一击，

也可以坚强得在风雨雷电面前不动声色。

它可能暗淡得像个堆满灰尘的古董，

也可以光鲜如有百花锦簇。

不至于在平庸的生活中丢掉起码的快乐。

他突然意识到，自己依然还是那碗隔夜的米饭，但可以添加酱油、鸡蛋、葱花、辣椒、香肠和青豆，做成可口的蛋炒饭。

他不会再因为遇到了一时的困难就踌躇不前，不会因为生活看似是一潭死水就放任自流。

人不是从娘胎里出来就一成不变的，相反，生活会逼迫他一次又一次地脱胎换骨。

听说了沪生在农村种了田地。在办公室里待了三十多年的老师傅给他建议："你老实待在广州不好吗？为什么到田间地头去自找苦吃？"

沪生笑着说："贪安稳就没有自由，要自由就要吃点儿苦头。总得选一条路。"

听说沪生在农村整天都在吃蛋炒饭，整日跟小菜贩讨价还价的邻居大婶给沪生提建议："鸡蛋和米饭要分开炒，这样更容易控制火候，味道更香。"

沪生照例是笑着回应："蛋炒饭如果特意将鸡蛋和米饭分开炒，那就像结了婚的两个人被要求分床睡，那叫什么结婚？"

沪生说得没错。实际上，鸡蛋和米饭一起炒也一样的香浓，鸡蛋是个"全能型选手"，加点油就香气扑鼻，加点儿盐就咸香有味，再加点儿葱花，关于香气的要求就都到位了。

唐鲁孙在《酸甜苦辣咸》中写过这样一段话：“早年家里雇用厨师，试工的时候，试厨子手艺，首先准是让他煨个鸡汤，火一大，汤就混浊，腴而不爽，这表示厨子文火菜差劲，再来个青椒炒肉丝，肉丝要能炒得嫩而入味，青椒要脆不泛生，这位大师傅武火菜就算及格啦。最后再来碗鸡蛋炒饭，大手笔的厨师，要先瞧瞧冷饭身骨如何，然后再炒，炒好了要润而不腻，透不浮油，鸡蛋老嫩适中，葱花也得煸去生葱气味，才算全部通过，虽然是一汤一菜一炒饭之微，可真能把三脚猫的厨师傅闹个手忙脚乱。”

你看，平凡的生活就是每个人的考场，就如同蛋炒饭是考验厨子手艺的重要一环。

我们得承认，一个人早早地就掌握了成年人的生活智慧之后，的确是可以少犯一些错，少走一些弯路，少碰几次壁，少过一些孤零零的日子。但是，来这世间走一遭，如果生活的小浪花连零星半点都未曾激起过，未免太可惜了！

试想一下，如果有一天，日子像一摊平静的死水了，坏也坏不到哪里去，好也不再好得让人欣喜，你是该庆幸，还是觉得悲哀？

一个人，心中最难解的那些问题，通常不是源自知识的匮乏，而是思维方式的禁锢。这些禁锢悄无声息，自己无法察觉，却总是能把人局限在一个狭小的认知牢笼中，纠结于不该纠结的问题，烦扰于纷繁芜杂的表象，而看不到一个更宽广的世界。

可是，生活是不断地去见识，而不只是活着，就像人生不是以时间长短来计量的，寿命才是。生活是有宽度的，人生是要有浓度的。

很多人的生活常态是，早起时想着要做这个，出门前准备要做那个，可是一看时间，马上就要迟到了，只好匆匆忙忙地一头扎进人海里，结果什么都没做。

可你别忘了，你只有这样的一生，再无别的一生。

在光芒万丈之前，每个人都得欣然接受眼下的忙乱、不堪和困惑，接受一个人的孤独寂寞和失落无助。

所有你此时正在经历的不堪和狼狈，都意味着你把自己扔进了向上的旋涡里，不停地搅啊搅，如同洗衣机一般，最终呈现出的是一个全新的你自己。

别怕输不起，别怕来不及，别怕等不到……别怕，这世上所有的美好，都是留给那些展现出决心的人的。

当你可以直面自己身体里与生俱来的笨拙、平凡和孤独时，你就能够彻底谅解过去的自己，然后积极乐观地去迎接未来，就能想方设法地过好每一个当下。这种活法虽不聪明，但诚恳；虽会犯错，但坦然。

喵记蛋炒饭

米饭、鸡蛋、盐、酱油、香肠、葱、青豆、香菇、辣椒、胡萝卜等。

1 辅料切丁备用，鸡蛋两个，加少量盐，打散打匀；

2 大火加食用油，油烧热后，将鸡蛋迅速浇入锅内；

3 把准备好的米饭倒到还没有完全凝固的鸡蛋上，迅速翻炒，直到鸡蛋与米饭融合，最好是蛋液包裹每一粒米，而米是粒粒分开；

4 加入盐及各种辅料，再充分翻炒，出锅即成。

麻婆豆腐

和过去打仗
是你一个人的事

清清白白的豆腐被赋予了麻、辣、鲜三个元素后，最终焕发出的是让人欲罢不能的不凡口感，就好像是在舌尖上演奏着一段曼妙的旋律，它的麻、辣、烫、香、色，像是黑白琴键上蹦出来的“do、re、mi、fa、so”。

——

南京的盛夏，真是热得连男朋友跟人跑了都不想追。

此时正值艳阳天，还没来得及吃午饭的美雅却不得不在大街上对电话里的男朋友“开火”，她的问题像机关枪一样猛烈：“‘五一’三天假，你说在加班，是跟她在一起？”“你是不是不爱我了？”“你倒是说啊，不爱了你告诉我啊！这算什么？”“你说话啊！”“你说话行不行？”

可电话的另一头却一直处于沉默状，就像全世界都收到了把食指搁在嘴唇边说“嘘”的暗示动作。

美雅尝试压住自己的怒火，但还是失败了。

只听见“啪”的一声，美雅把手机用力地摔到地板上，像是在湖面上打出了一个漂亮的水漂。

就在上个月，他们俩还一起去拜了月老像，绑了红绳，还互相许了白头偕老的誓言。

可就在今天上午，有人在微博里给美雅发了私信，大意是说，“你的男朋友和我好了半个月，最终还是把我甩了，所以这里特意提醒一下你，你的男朋友不是什么好人”。

美雅开始是不信的，她对男朋友一直都很放心，她甚至还以为，这是男朋友在用小号玩的恶作剧。可很快，美雅的乐观主义被事实击垮了。发私信的人相继发来了她和男朋友一起游西湖的照片、一起住的酒店的照片……

美雅的脑子一下子就蒙掉了，她迫切地想知道真相，以及“为什么”，可对方能给的只有令人窒息的沉默。

沉默是什么意思呢？是觉得连骗你一下的必要都没有，是觉得解释是多余的事情，是直接明了地承认，你知道的一切，都是真的。

摔完电话，美雅就瘫坐在路边的长椅上，过往的甜蜜回忆像一座移动的电影院一样，在美雅脑海里自动播放了起来。

美雅和男朋友是在朋友的聚会上认识的。他给美雅的第一印象是，长得还不错，口才一流，关键是还很幽默。比如聊到《西游记》，他就总结道：“西游记啊，就是妖怪们为了唐僧肉，合演了一部戏。”说到《舌尖上的中国》，他清清嗓子说：“里面有一句话我至今仍然无法忘怀。就是‘吃过早茶后，她主要的任务是准备晚饭’。”

幽默风趣会聊天，这些特点对于天性木讷的美雅来说，简直是致命的诱惑。随后，他主动前来找美雅胡侃，聊着聊着就聊到美食了。大概他知道，女生多数是吃货。

他问美雅最喜欢吃什么，美雅把眼珠子转了两大圈才憋出了四个字："麻婆豆腐。"而他马上摆出了惊讶的表情："好巧啊，我也最喜欢这个，下次一起啊？"

"好啊好啊！"美雅的头点得像缝纫机的针脚。

这个"下次"其实是第二天，他们相约在一家川菜馆。男生大方地点了一大桌子菜，美雅看着这一桌子"辣气冲天"的菜肴，露出了僵硬却感激的笑容。

其实，他们都误解了对方，美雅说最喜欢吃"麻婆豆腐"，只是这个单品，而男生却以为美雅爱吃的是辣到爆的川味；男生约美雅吃饭，本来只是礼貌性地提了一下，而美雅却以为是男生对自己有意思。

那顿饭吃得很痛苦，但美雅还是很开心，尽管付出的代价是，她吃了好几天的胃药。

一段感情最难过的，不是恶语相加、冷漠疏离，而是曾经为了那个人奋不顾身过。

想到这儿的时候，美雅的胃猛烈地蠕动了一下，她突然被一股熟悉的气味“绑架”了，她起身环顾四周，发现了气味的源头——一家川菜馆。

美雅进门之后，里面的客人不算多。老板娘热情地迎了过来，“吃点儿什么？”

“一份麻婆豆腐，再来十瓶啤酒。”美雅想喝酒来发泄一下。

老板娘愣了一下，看着美雅没魂的样子，顺嘴就问了一句：“失恋了？”

陌生人给的细微善意在窘迫难过的时候简直是威力无比的炸弹。美雅咬着下嘴唇，点了点头，之后忍不住哭了出来：“他就是个浑蛋，他就是个大骗子！”

老板娘秒懂。她把菜单递给了后厨，又特别交代了点儿什么，就端来了零食、啤酒和杯子，她在美雅对面坐下，然后倒满两杯啤酒，自己先干了。

老板娘示意美雅也干一杯，美雅仰起脖子，艰难地把一杯啤酒灌了下去。老板娘笑了，说道：“就你这样还敢要十瓶？”然后，她给美雅“展示”了她的右手——只有四根手指头。

“缺的那根是为一个男人剁的，现在后悔得要死，拎锅、刷杯子都费劲儿。那是年轻时的、没有结果的爱情。在我们准备婚礼的前几天，突然就被他放弃了，一句解释都没留，从此消失得无影无踪。那时候的我没日没夜地哭，哭累了就睡，醒来接着哭，那时候真的非常憎恨这个世界，恨着恨着就自残了，但当我从医院的病床上翻身坐起来的时候，我就不恨了，好像把一辈子的恨都用光了。我突然明白了，和过去打仗是我自己一个人的事。我再怎么为他伤心难过、自残自杀，都只有我一个人承受。他不会感同身受的。”

“可是，就是想要个答案啊！为什么之前明明都好好的，突然就不爱了呢？”美雅小心地问。

“不会的，当你知道了答案，就会困惑更多，当你知道了真相，又会计较其他问题。人的欲望是永无止境的，就像一开始，你也只是想要知道他的名字。相信我，不如大吃一顿，然后落落大方地活下去！”

老板娘顿了顿，很认真地说：“我们应该追究的，不是过去的原因，而是现在的目的。很多事情就像是智齿，对待它的最佳解决方式是拔掉，而不是忍受！”

听老板娘这么一说，美雅的怒火消退了大半，剩的只有失望。对那个自己信任过、深爱过的人的失望。

失望比愤怒要相对温和一些，但更长久。失望和生气的不同之处还在于，生气只是想被人哄，还抱有希望，而失望就是“你不必再说什么了”，意味着准备开始理性地思考这段感情存在的意义。

“那你后来是怎么做到彻底地放弃他的？”美雅好奇地问。

老板娘答道：“放弃不需要做什么啊！就是无声无息地，不会再为他辗转反侧，不会再为他阴晴不定，当初那么多的喜欢，现在都变成了释然，没有犹豫就是彻底放弃了。”

老板娘说完，又把两只空酒杯倒满了，然后兀自地一饮而尽。

不一会儿，麻婆豆腐上桌了。

麻婆豆腐是典型的川菜，其妙就妙在“接地气”上。清清白白的豆腐被赋予了麻、辣、鲜三个元素后，最终焕发出的是让人欲罢不能的不凡口感，就好像是在舌尖上演奏着一段曼妙的旋律，它的麻、辣、烫、香、色，像是乐谱上活脱的“do、re、mi、fa、so”。

老板娘用下巴尖指了指菜盘，示意美雅尝尝。

美雅轻轻地夹起一块豆腐，慢慢地送进嘴里，很快就传来了惊呼声：“哇，太好吃了，跟别人家的不一样！它也属于典型的川味麻辣，但不像四川的麻婆豆腐那样有杀气，而是麻辣偏鲜香。如果说典型的四川麻婆豆腐像是一个川妹子背着竹篓子，正大汗淋漓地走着山路的话，那么你家的麻婆豆腐就像是秦淮河上的歌女的曲了，婉转、悠扬、缥缈。”

听了美雅的点评，老板娘把眼睛瞪得圆圆的，“行啊，专家级吃

放掉你失去和以后都不能得到的，
放掉恨和怨，
像鹿忘掉森林，像水草忘掉湖泊，
像截肢的人忘了曾经健步如飞。

货啊！很有研究的样子！”

美雅笑着摇摇头，说道：“我只喜欢吃麻婆豆腐，而且经常吃，所以能吃出点儿不同，但不知道你家为什么会不同。”

老板娘说：“不同的秘密有三个，一是用了郫县豆瓣酱，二是用到了秘制的油炸豆子，三是进行了本土化的改良，即少放辣，多放甜。这才有了既麻又香且酥的口感。”

“难怪！”

美雅说完就往嘴里送了一满勺子，舌尖在花椒的催促下产生新鲜的麻辣感，温热鲜嫩的豆腐滑入喉咙之后，鲜美浓稠的汤汁，哧哧地顺着喉咙往胃里滑，很快就占满了整个身体，至于那些没所谓的烦心事，瞬间被赶了出来。还没来得及好好回味，下一场与麻辣鲜香的斗争又拉开了序幕。

等到美雅吃完这一大盘子的麻婆豆腐，她笑着对老板娘说：“哎呀，我后悔了，居然傻到把手机摔了，还得自己修。”

失去一个人，耿耿于怀就注定了会受自作自受的苦头，唯有避重就轻，才是皆大欢喜的必由之路。

你喜欢一个人，恨不得把自己的心肝肺都掏出来送给他。你对两个人的未来做了好几百遍的心理彩排，生老病死，喜怒哀乐，你统统想了个遍。

你告诉自己，是的，就是这个人了，无比地喜欢他，所以决心要和他风雨同舟地走下去。但可惜的是，故事并没有按照你设想的方向发展，这份爱情变成了一匹脱缰的野马，它兀自地在暗夜的草原上狂奔起来，你想凭借一己之力，是拉不住的。

成绩不行，你还可以努力，比如刷题、补课，熬夜去追赶；身体不行，你也可以努力，比如跑步、健身，坚持去加强。唯独被人放弃这件事，你连努力的资格都没有。

但换个角度来说，如果不能成为别人生命中的礼物，就不要赖在别人的生命里！不如趁机放手。放手是感情中的弱势一方唯一能做到且应该做好的事情。

放掉你失去和以后都不能得到的，放掉恨和怨，像鹿忘了森林，像水草忘了湖泊，像截肢的人忘了曾经健步如飞。

对于多数人来说，爱情是个脆弱的水手，出过一次航，触过一次礁，就憔悴了。

但当你学会了放弃，你就可以承受一切的失望和谎言。“我什么都可以不要了，你还能拿我怎样？”

成长是件扫兴的事情，但那些或者痛苦、或者快乐、或者失望、或者煎熬的经历会让你的人生变得有味得多。就像麻婆豆腐那样：

清清白白地生，热热闹闹地活。

所以不用羡慕什么，也不用抱怨什么。你所能做的，只是保持身体和内心的平衡，而不是在过去和未来上煞费苦心。

人生就是这样，有时拥抱，有时放掉。

倘若恰好有一段日子只能自己独自走过，也不可随意打发。不如好好睡觉，认真地做一道菜，不再忌讳别人的甜辣禁忌，也不必理睬他人的好恶习惯，只需用心地品尝自己笨拙的活法、笨拙的手艺，吃自己偏爱的菜式，自顾自地好好活着。

至于那些不请自来，又不告而别的人，你大可不必故作潇洒地说感谢，但也没有必要耿耿于怀，你应该视他为闪耀过的陨石，任其沉没在时光的海里。

喵记麻婆豆腐

卤水豆腐、肉末、豆瓣酱、花椒粉、
彩椒粒、花椒粒、料酒、淀粉、花生油、葱姜蒜等。

1 将豆腐切成 2 厘米见方的小块儿，然后加入沸水中去除豆腥味；

2 炒锅内倒适量油加热，油烧热后倒入肉末，炒散，脱生后盛出备用；

3 炒锅重新倒入油，加热后将花椒粒、蒜、姜，爆出香味；

4 放入豆瓣酱炒出红油后，放入彩椒粒炒匀，然后倒入切成块的豆腐翻炒，烧约 3 分钟；

5 将之前炒好的肉末倒入锅内，再淋入水淀粉勾芡，收汁后起锅撒上葱花和花椒粉即可。

宫保鸡丁

这辈子算是栽在你手里了

在确认恋爱关系之后，薛尚曾问过刘琴，“你这么慢热的人，喜欢我这么厚脸皮的人，是什么感觉啊？”刘琴把一大勺的宫保鸡丁塞进了嘴里，鼓着腮帮子对薛尚说：“喜欢你的感觉，就像是吃多了，撑爆了。”

——

薛尚是贵州人，刘琴是四川人，他们天然都带着“吃货”属性。

比如听说国外某沙滩海蜇泛滥，一度危及当地的旅游业，刘琴气得直跺脚：“这外国人怎么这么傻啊？居然不晓得海蜇泛滥怎么办。凉拌啊！切成丝，加点酱油、醋、糖，以及黄瓜丝、香菜什么的……”

比如在一档科技类节目中听到这样的描述：“开曼群岛附近的火山口，发现了一种白色的虾，可以耐热几百度的高温。”薛尚的第一反应居然是：“那开水肯定是煮不熟，只能用油炸了。”

所以，当他们俩的恋情公开之后，朋友们齐刷刷地感慨：“真是物以类聚，人以群分啊！”

这场恋爱的“开幕式”却很尴尬。

那天，刘琴从肯德基买完早餐出来，没走几步就看见一个衣衫不整、蓬着头发的人蹲在路边，像是在打瞌睡，旁边还放着一个纸杯。出于同情心，刘琴掏出了三枚硬币，轻轻地放进了杯子里。

正当刘琴准备做个“做好事不留名”的好人时，那个人突然抬起头来——是一张白净的脸，他一脸无辜地看着刘琴说：“大姐，我这咖啡是刚买的……”

刘琴本想说声抱歉的，但这个念头不到一秒钟就消失了，因为“大姐”这两个字，刘琴白了他一眼，然后径直走了。

狗血的是，这个喊刘琴“大姐”的男生居然是她的新同事，而且还被安排在一间办公室工作。更狗血的是，这个名叫薛尚的男生居然还打着“讨论工作”的旗号三番五次地邀约刘琴。

一来二去，三个月就过去了，而他们俩的对话常常是这样的：

“今天晚上有时间吗？我请你吃饭吧。”

“没时间。”

“明晚呢？”

“也没有。”

“那你什么时候有？”

“你不问我的时候，我就有。”

“……”

连傻子都看得出来，薛尚喜欢刘琴。

对这位整天死缠烂打，工作里外都对自己照顾有加的男生，要说好感，刘琴多少是有的，但要说喜欢，刘琴总觉得缺点儿什么，用她的原话说是：“缺一点儿心动的感觉，就像水煮肉片不够辣，像麻辣香锅不够香，像宫保鸡丁的花生米不够脆。”

事情的转折点是中秋节的前一天，刘琴发了一条朋友圈：“上善若水煮肉片，心乱如麻婆豆腐，气势如红烧牛肉面。”

底下留言的都半开玩笑地说刘琴是吃货，只有薛尚看出了刘琴的不开心。他猜刘琴是想家了。于是，他再一次厚着脸皮邀请刘琴和两位四川老乡到他家一起过中秋。

大概是因为有老乡同去，刘琴算是勉强地答应了。欣喜若狂的薛尚当即报了菜单，清一色的是川菜：麻婆豆腐、酸菜鱼、回锅肉、水煮肉片、宫保鸡丁……

在赴约的那天，刘琴才算是正眼看了薛尚。眼瞅着薛尚一盘一盘地端菜上桌，刘琴不好意思一直坐着，她走进厨房，去给薛尚打下手。

那个工作能力出色的薛尚没有打动她，那个平日里温柔体贴的薛尚没有打动她，倒是这个穿着厨师服、在厨房里有模有样的薛尚让刘琴心动了。

只听见薛尚边忙碌，嘴里边念叨：“宫保鸡丁要选三黄鸡的鸡腿肉，辣椒要选我们贵州的花溪辣椒，花生要选山东产的，醋要选你们四川的保宁醋……”

“鸡腿肉要去掉鸡油，炒的时候一定要大火爆炒，油炸花生米要最后放进锅里……”

等薛尚把最后完成的宫保鸡丁端上桌，聚餐正式开始了。

刘琴一落座位就露出了吃货的本性，她迅速地送了一勺子鸡丁进嘴里，入口之后，只觉得舌尖微麻，有一丁点儿辣，而后冲击味蕾的是甜意，嚼一嚼，还透着滋溜溜的酸。

随后，麻、辣、酸、甜包裹下的鸡丁、葱段、花生米让刘琴根本停不下筷子，之前堵在心里的沮丧也一并消失了。

就在几个人大快朵颐的时候，薛尚突然开口道："那个，刘琴啊，我喜欢你。"

几个人瞬间就呆住了，准备用筷子夹水煮肉片的人把伸出去的手又缩了回来，而刘琴，恰巧是刚把一勺子宫保鸡丁送进了嘴里。

她本来还在享受鸡丁的香、花生米的脆、豆瓣酱的浓郁、胡萝卜的清甜……可此时，停住是不可能的，因为腮帮子已经塞得满满的，可继续咀嚼又显得很尴尬。

不得已，刘琴只能是用力地吞咽，然后一嘴油都来不及擦就大声喊："你神经病啊？你干吗喜欢我？"

薛尚准备再解释什么，但被刘琴的一句"你闭嘴"给打断了。

其实薛尚不知道的是："我也喜欢你"这五个字，已经在刘琴的肠子里绕了几个弯儿，在她的心里跌倒了好几回，爬到她的喉咙里，又开始胆怯，滑到她的嘴边，又改头换面，最后乔装打扮成"你神经病啊”和“你闭嘴”。

那次聚餐之后，两个人的关系变得微妙起来，既没有确立恋爱关系，可谁都不觉得自己是这个陌生大都市里的孤单星球。节日或者周末，心情糟糕或者心情好极了，两个人就大大方方地约着去吃饭，必不可少的一道菜依然是让刘琴心心念念着的宫保鸡丁。

他们用美食来填满胃，用陪伴来“占领”彼此的空余时间，也顺势占据了对方的心。

人与人之间的相遇，就像不同的食材，从天南海北来到了一口锅里。好吃的灵魂，早晚都会遇见！

在确认恋爱关系之后，薛尚曾问过刘琴，“你这么慢热的人，喜欢我这么厚脸皮的人，是什么感觉啊？”

刘琴把一大勺的宫保鸡丁塞进了嘴里，鼓着腮帮子对薛尚说：“喜欢你的感觉，就像是吃多了，撑爆了。”

在吃货的眼里，东西只分三类：直接能吃的，看着好像可以吃的，得想办法才能吃的。

比如两个人去逛鱼市，顺手买了几只小鱼小虾。然后刘琴就在朋友圈里发“昨天晚上买了小鱼小虾，我太高兴了，等他们长大了就可以吃啦”。

薛尚问："你竟然要吃它们？"

刘琴说："两只小虾是透明的，感觉会很好吃。"

薛尚本以为她是开玩笑的，正准备就此打住的时候，结果他发现，盯着鱼缸的刘琴居然流口水了！

还有一次，两人约着去新华书店见面。刘琴斩钉截铁地说："我不知道新华书店怎么走！"

薛尚改口问："新华书店对面有一家宫保鸡丁做得很好吃的川菜馆，你知道怎么去吗？"

刘琴瞬间就像是长出了千里眼、顺风耳，以及一只哮天犬的鼻子和超级电脑的脑袋，她开始回忆、比画，准确地知道该过几条街，该拐几个弯，会路过几家火锅店和几家甜品店……

肚子饥饿的时候，她就特别会煽情，她会给薛尚发微信："我想你了。"

薛尚故意问："有多想？"

她就说："想吃饭那么想！"

薛尚若是再打岔，她的脾气就上来了，马上电话打过去质问："你翅膀熟了是吧？"

在给刘琴做了九十九次宫保鸡丁之后，薛尚向刘琴求婚了。薛尚含情脉脉地说："有人想跟你环游世界，有人想跟你柴米油盐酱醋

余生很贵，不要浪费。

希望你以后的生活：

很温柔，懂克制，人格不必太分裂；

希望你以后的日子：

有人陪，有滋味，人生少一些凶险。

茶，可是我啊，就想陪在你身边，放着俗套的音乐，做着俗套的事，只和你眉来眼去一辈子。”

刘琴“扑哧”笑了，紧接着摇了摇头：“还不够！”

薛尚秒懂，补了一句：“往后余生，跟着我，有肉吃！”

刘琴用力地点了点头，又假装叹了一口气，“唉，我这辈子算是栽在你手里了！”

爱的时候，别为难对方，别挑剔对方，别指责对方，傻傻地一路相伴。傻是因为已经决定了，认定了，就没有什么需要再试探、再考验、再完善的了。

对方有进步，就欢天喜地；没有，也坦然接受。毕竟，喜欢就是愿赌，爱是服输！

圆满的爱情大抵是这样子的：各自有稳定的工作和交际圈，在成长路上一路扶持，又在对方面前天真得像个孩子。独立又亲密，相爱又自由；既有斗智斗勇，又能琴瑟和鸣。

所谓爱，就是你也曾浪荡不羁，行走江湖，没承想却遇到了一个人，从此菜场厨房，煮饭煲汤。

所谓爱，就是两个人来到这人世间，撞见了彼此，然后活捉了彼此！

喵记 宫保鸡丁

鸡腿肉、花生米、

葱姜、干辣椒、花椒、料酒、酱油、白糖、醋、水淀粉等。

1 鸡腿肉切成丁，加料酒、食用油、白胡椒、盐，淀粉等腌渍10分钟，再用水淀粉拌匀；

2 大葱切段、黄瓜切丁备用；

3 用酱油、香醋、盐、姜汁、白砂糖和料酒，混合均匀制成调味料汁；

4 花椒、干辣椒用小火煸出香味，按顺序放入大葱、鸡丁、料酒，将鸡丁滑炒变色，然后倒入水淀粉；

5 最后调入料汁，再放入熟花生米，翻炒均匀，用水淀粉勾芡即成。

清炒苦瓜

站在你左侧，却像隔着银河

吃苦瓜成了郭飞的一大乐事，心里的苦遇见了舌尖上的苦，像是遇见了知音，能够互诉愁绪。味道可以漂洋过海，思念可以翻山越岭，但暗恋者的那身皮囊却永远都在画地为牢。

——

“我从来不知道，人生的出场顺序这么重要，我只是比他晚出现几个小时，就永远没有机会了。如果还有下辈子，我一定会买最早的那趟火车，我要堵在你的校门口，让你一辈子都遇不到他！”

这是郭飞第一次发牢骚。在这之前，郭飞从不怨天尤人。他从来没有说过谁的一句坏话，哪怕是像高三那样“暗无天日”的时光，哪怕是贪婪的父母被警察相继带走了，他也只是说，“活着真好”。

郭飞发牢骚是因为子惜——他青梅竹马的邻家小妹。

从懂事开始，郭飞就喜欢子惜。只是当时年纪小，郭飞不知道那就是喜欢，就觉得对子惜好，自己会很快乐。等到他知道什么是喜欢的时候，家境的衰败让郭飞陷入了自卑之中。

他怕自己配不上子惜，他也怕子惜瞧不上自己，他更怕子惜知道了还装作不知道。

14岁，子惜成了郭飞的闹钟，迫使他准时准点地出门，只为和子惜一起去学校；15岁，在学校写完作业之后，他每天负责送子惜回家，灯光把他们俩的影子拉得很长；16岁，子惜学着织围巾，把第一个失败的实验品送给了郭飞，郭飞欣喜地说着“真丑”，却怎么也舍不得摘下来；17岁，他们在公园边聊个没完，说梦想，说家长和老师的不像样；18岁，他们分道扬镳，去往不同的城市上大学。

年少时喜欢一个人，心里就像是有场海啸，可也只能静静地站着，不敢让任何人知道。

即便如此，郭飞对子惜的好却从未间断过，几乎变成了习惯。

上高三的时候，子惜脸上的青春痘呈现泛滥的趋势，大大咧咧的子惜倒是不在意，却把郭飞急个半死。有一次，郭飞到门诊给爷爷买感冒药，听见医生在跟一位大妈提建议，让她多吃苦瓜，能去火。郭飞插话问：“那苦瓜能治青春痘吗？”

医生模棱两可地说：“苦瓜既是好菜，也是好药，它清火、解毒、和胃、护肝、养心。”

郭飞以为自己得到了肯定的答案，欣喜得像是找到了灵丹妙药。回到家，他就做了一桌子“苦瓜宴”，苦瓜炒鸡蛋、苦瓜汁、苦瓜煎饼、苦瓜汤……他挨个装好，给子惜送了去。

郭飞对子惜的照顾，有点儿像爷爷对待孙女，近乎溺爱的那种。

别人家的爷爷为了让孙女多吃一点儿，可以夹着一只鸡腿儿追出去二里地。郭飞的能耐更大，为了帮子惜根治青春痘，他在阳台上种了四棵苦瓜，悉心照料，等苦瓜结果了，就变着法子地做给子惜吃。

做苦瓜的次数多了，郭飞还总结出了两条减轻苦味的小妙招：一个是“瓜片要切薄一些”，越薄苦味越小；另一个是大火快炒，炒的时间越长就越苦！

子惜却不买账，嘴巴都快撇上天了：“不吃不吃，坚决不吃，丑死我也不吃，打死我也不吃。”

郭飞依然耐心地劝：“尝尝嘛，真要苦死了，我陪你一起死啊！”

高考出成绩的那天，子惜对郭飞说：“我能和你填同一个学校吗？”郭飞没有回答。

送子惜去大学的时候，子惜面无表情，火车开走了，郭飞却独自在车站里坐了两个钟头。他捂着脑袋，难过地说：“我多么想和你去一个学校啊，我多想啊，我比你还要想啊！可是你那么努力拼命了三年，考了那么好的成绩，就不该陪我去一所不入流的大学啊！”

大二的时候，郭飞去子惜的学校看过她。没多久，子惜偷偷告诉郭飞，说自己有喜欢的人了，郭飞的心抖动得像缝纫机的针脚，直到子惜说出了一个陌生的名字，他才意识到自己错过了什么。但他依然什么都没说，努力佯装平静地听着，像个树洞。

子惜本来和那个男生是没有交集的，就是因为去火车站接郭飞，在出校门口的时候被那个男生撞到了，然后就鬼使神差地产生了交集。那个男生本来是有喜欢的女生的，子惜多方打听之后知道的，是一个文文静静的高挑女生。

子惜问郭飞："你说，我要不要也改一改性格，变得文文静静的，你说，他会不会喜欢我？"

郭飞回复道："苦瓜如果没有苦味就不叫苦瓜了，除了苦味它将变得黯然失色。你也是一样啊，突然变成乖乖女，你就不是你了。"

子惜回了一个字："哦。"

子惜最后还是和那个男生在一起了。大四快结束的时候，子惜邀请郭飞去见见他未来的妹夫。他在子惜口中变成了"表哥"，而这次见面的意义也被定义成了"见家人"。

郭飞跟在子惜后面，一步一步地往约定的咖啡厅里挪。若是偷偷地喜欢过一个人，你大概就有类似这样的体会：这条路为什么不再长一点儿？这个电梯为什么不再慢一点儿？这车为什么不再堵一点儿？你的男朋友为什么不再晚来一点儿？

到了约定地点，见到了那个让郭飞"咬牙切齿"的人，郭飞显得很紧张。

真正喜欢一个人的时候，连假想敌都会让自己方寸大乱，更何况那个“情敌”此时就大大方方地坐在自己对面呢？

闲谈下来，郭飞看出了那个人的能力、长相和教养，以及处处流露出的对子惜的疼爱。他突然觉得释怀了，他觉得这个人值得托付，也配得上子惜。

原来，暗恋的最高境界，是突然觉得自己像个穷人，眼睁睁地看着自己喜欢的“东西”被人抢光了，竟然有一种如释重负的感觉。

大学毕业后的第二年，子惜告诉郭飞：“明天，我就要结婚了。”

郭飞把准备了两三年的一段话给删了。他只发了四个字：“祝你幸福！”

他本来写的是：“结婚的时候，给我寄一张请帖吧。你开心的、难过的样子我都看过，最后我想看看，你不属于我的样子。”

然后，他起身到库房里，把很久没骑的摩托车擦干净，趁着夜色赶到了子惜的住处附近。他坐在摩托车上一直等，直到清晨，接亲的车队出现了。

郭飞在不远处看着，他看到了子惜不属于他的样子，他在心里骂了一句：“真他妈好看，和我想象的一个样！”

他跟在车队后面，经过了一起放学的那条街，经过了那所高中，绕过了曾一起逛过的公园，终于在一家豪华酒店门口停下了，外面噼里啪啦地响起了礼花的声音。

这时候，郭飞的手机屏幕亮了，是子惜发来的短信：“别送了，我到了。”

暗恋是多么的傻，却也是那么的美。它是甜蜜的忧伤，是幸福的憾事，它单纯，无私，深刻。

两个人都猜过对方是否会想自己，都在心里期待着对方先主动，于是你们各怀心事，最后你们渐行渐远。

自暗恋更傻的事情是什么？是在青春里互相暗恋。他们把青春耗在互相暗恋里，却没能在一起。

自那以后，郭飞每年都会在自家的阳台上种上一排苦瓜。他诗意地认为，种苦瓜就是在亲吻地球，他希望通过面朝大地背朝天、一身力气百身汗的耕作，来交换地球回报他的飞吻——苦瓜。

苦瓜藤长成了一顶绿色帐篷的时候，苦瓜随之静悄悄地出现了。每逢挂念子惜的时候，他就认认真真地清炒一盘子苦瓜。

吃苦瓜成了郭飞的一大乐事，心里的苦遇见了舌尖上的苦，像是遇见了知音，能够互诉愁绪。

年少时喜欢一个人，心里就像是有场海啸，

可也只能静静地站着，不敢让任何人知道。

味道可以漂洋过海，思念可以翻山越岭，但暗恋者的那身皮囊却永远都在画地为牢。

《一个陌生女人的来信》里面有这样一段经典独白：我仿佛是你口袋里的怀表，紧绷着发条，而你却感觉不到。这根发条在暗中耐心地为你数着一分一秒，为你计算时间，带着沉默的心跳陪你东奔西走，而在它嘀嗒不停的几百万秒中，你可能只会匆匆地瞥它一眼。

暗恋一个人，就像是在自导自演一部悲剧。你命令自己站在角落里，偷偷看着那个人，心有巨钟，当当作响，但嘴巴默不作声，像个木头人。

满心的“我好想你”，见面了却只字不提，嘴里的爱不及心里的万分之一。

暗恋一个人，就像是在忍受某种煎熬。你要从细枝末节的蛛丝马迹寻找一点点可能性，从一字一句和标点符号上揣测他的口吻和表情，然后直到耐心耗尽，风浪平息，却还是没能等到他的那句“我喜欢你”。

你内心的潜台词是：“我所有的嘴硬，看似无聊的打诨逗趣，都是我本能的矜持。所以如果我摇头了，你能不能再等一下，因为我的下一句就是‘好’。”

可现实中，你吃小龙虾先吃钳子，结果却发现留着的那些虾尾都被别人抢了；你吃生日蛋糕，先把蛋糕吃了，结果蛋糕之上的草莓被人抢了；你本来是想把瓜子仁都攒起来一块儿吃，结果别人又来了……

那么多次的伺机而动，你都没行动；那么多的蓄谋已久，你都没有说出口。

你到底要经历多少次遗憾才会明白：触手可及的就应该赶紧伸手，近在眼前的就应该赶紧拥有。一味地等，要么是别人来了，要么是你们老了。

是的，也许有一天，你们终于可以坦然自若地谈笑风生，但你们失去的，却是几乎可以共度的余生。

暗恋为数不多的好处是：你不开口，就保有一直爱下去的权利。另一个好处是：因为这个人，你会变得这个世界格外温柔，会对命运心存感激，会努力使自己变得出色。

愿你的喜欢终有去处，愿你的苦楚终有归处。

人世间的爱有很多种。一种是，你和他牵着手，在街上、在超市里闲逛，在公园里、胡同里走。你们做饭、看电视，互相给对方夹菜；你们在一起把日子过得平和，像头驴，转啊转，把时间磨成粉末，然后用粉末揉面，做包子、饺子、面条，然后心满意足地吃下去。

还有一种是，远远地站着，用一点点微弱的想象，用一丝丝美好的祝愿，用一些没来由的期盼，给这快要暗下去的时光，涂一抹口红。

喵记 清炒苦瓜

苦瓜、油、盐、蒜。

1 将苦瓜从中间切开挖去瓤，切斜薄片；

2 锅里水烧开后放入苦瓜焯水 1 分钟捞出；

3 锅里的油烧热后放入大蒜煸出香味；

4 加入苦瓜大火快速翻炒均匀，加入适量的盐翻炒均匀即可。

世界越复杂，你要越简单

烤红薯 著

烤红薯不温不火地传递着温度与香气，与肆意的冷风和落寞的情绪相抗衡，像是有人在暗暗地帮自己，这感觉让妮子觉得幸福。她已经很久没有给自己贴上“幸福”这个标签了，偶尔会有“还不错”“过得去”这样的生活感悟。但生活里充斥的更多的，还是“忍一下就过去了”这样的励志心语。

——

时间就像是长了脚的妖怪，跑得飞快。

本来还是吹着空调、吃水煮毛豆、冰镇西瓜的季节，一转眼的工夫，就到了要吃糖炒栗子的天气，再一个恍惚，仿佛只是等了三个红绿灯，就到了要把手插进衣兜里、哈着白气去买烤红薯了。

下班的路上，妮子已经焦虑不安地走了四条街。晚秋时节的上海俨然是一副不近人情的模样。对于内心一片兵荒马乱的妮子来说，这种不近人情就像是一场饥荒。

当冷风从正面碾压过来的时候，妮子打了一个寒战，像是在拔凉拔凉的心头撒了一层霜。

妮子的焦虑是合乎情理的。

她稀里糊涂地忙了一整年，却似乎也没忙成什么，只觉得时间被什么东西碾成了粉末，一阵风扫过，就都不知去了哪里。

以致当妮子试图回想这一年到底做了什么的时候，却发现自己简直像是从一场昏迷中醒来。

这边，爸爸妈妈又开始催婚了，他们经常以近乎哀求的语气对妮子说："快点儿结婚吧，你看爸爸妈妈已经老成什么样了？"

那边，男朋友分批将准备结婚的二十万元都投进了股票里，据说赔得很惨。

而自己这边，要咬着后槽牙去加班完成琐碎的工作，要兑现给外甥的孩子安排工作的承诺，要厚着脸皮向领导提升职加薪，要摆出讨好的笑脸来让自己显得合群……

用一句话来总结现状就是：钱包空，烦事多，男朋友还爱捅马蜂窝！

走到一个拐角处，妮子突然闻到了烤红薯的香味。

灵敏的嗅觉是吃货的标配！

妮子循着香味找了过去，发现摆摊的是一位老大爷。她指着一个粗大的红薯说："我要这个。"

老大爷摇了摇头，然后仔细地在炉子里翻找，挑了一个瘦长个的递给了妮子，"这个更好吃！"

妮子一点点地剥，然后咬了一口靠近红薯皮的地方，又香又甜，再慢慢地咽，一股暖流顺着喉咙径直传到了胃里，再一点一点地蔓延到全身，像是烟花突然照亮了夜空。

上海人习惯称烤红薯为“烘山芋”，到了北方就是烤红薯、烤地瓜。冬天里没了它的味道，寒冷的空气里总有那么一丝遗憾。

相比较蒸红薯和煮红薯，烤的方式更能让红薯析出糖汁，味道更甜。

关于烤红薯，常见的争辩有两个：一个是吃法，另一个是功用。

在“该怎么吃”这个问题上，主要集中在“要不要用勺子？”据说湖北人买烤红薯时，往往会配一个勺子——方便挖着吃，反对意见是“直接啃才痛快”。

其实怎么吃都行。但妮子是后者，不一会儿的工夫，她就“消灭”了一个。

关于红薯功用的争辩主要集中在“红薯是减肥，还是增肥”这个问题上。

其实怎么说都对。因为红薯中富含膳食纤维，可以促进肠道蠕动，是利于减肥的。据说乾隆皇帝曾经因为食用红薯治好了消化不良，于是赐其名“土人参”。但值得注意的是，红薯中富含淀粉，吃多了也会引起消化不良，还可能变成糖分堆积在体内，因此吃多了也会增肥。

总而言之，就是“好吃得很，但要有度”。

烤红薯不温不火地传递着温度与香气，与肆意的冷风和落寞的情绪相抗衡，像是有人在暗暗地帮自己，这感觉让妮子觉得幸福。

她已经很久没有给自己贴上“幸福”这个标签了，偶尔会有“还不错”“过得去”这样的生活感悟。但生活里充斥的更多的，还是“忍一下就过去了”这样的励志心语。

大概是因为太好吃了，妮子的馋虫被唤醒了，她突然想起来，自己曾非常拿手的烤红薯片，于是又从大爷这里买了两个新鲜的红薯。

回到自己的单人间，妮子就开始动手了。她先是把红薯洗净、去皮，切成厚度均等的薄片，然后放进清水里泡。浸泡的过程中，她给房间里的盆栽浇了水，然后把衣柜里的冬衣整理了出来，还电话问候了爸爸和妈妈……

她一门心思地做着这些琐事的时候，既没有觉得累，也不再觉得烦，更不觉得时间难挨。二十分钟很快就到了，她给锡纸抹上油，然后将沥干的红薯片放进了烤箱里。

红薯是多么简单的食材，对于讲究品位和档次——要有震撼味觉的大鱼大肉、要有视觉冲击的全牛全羊、要热热闹闹的宾客尽欢的人来说，它的地位显得过于朴实，它的滋味显得特别寂寞。

当你简化了你的生活，
宇宙的法则也将随之简化：
独处也不觉孤独，穷困却不会潦倒，
无人帮扶也不觉得虚弱无力。

但是，在吃够了大鱼大肉、见惯了灯红酒绿之后，这份朴实和寂寞却也是都市人难以拥有的奢侈品。

这就好比说，年轻的时候，大家都追求轰轰烈烈，喜欢冒险刺激，习惯争辩，然后慷慨地失去，大方地错过。可过了几年，你就开始向往简单、平淡的小日子：有暖心的恋人，有靠谱的朋友，有值得为之努力的梦想……

又比如说，以前总想着要做出很猛、很帅气、很大的事，让这个世界因为自己而有小小的不同。但慢慢地你会发现：所谓很猛、很帅气的大事，随时都可以去做，此时平淡规律的生活却弥足珍贵。

在等待美食“诞生”的这一段时间，妮子试着躺了一会儿。她把腿立在墙上，像是一位在地里忙碌了一整天的老农回到家了，把锄头往墙角上靠。

她试着让内心平静下来，并开始劝慰自己：“飘浮着他人眼光的世界是多么油腻啊，我要试着像红薯那样，朴实、干净、温暖并且简单！”

十五分钟之后，红薯片烤好了，妮子吃得心花怒放，她给自己的“杰作”拍了美美的照片，还发了一个朋友圈。

“吃烤红薯片的时候，你要轻轻地咬，你会听见咯吱咯吱的声音，那是红薯片觉得痒，在偷偷地笑呢！”

人的真实需求是很有限的，无非是起码的温饱和简单的陪伴，超出的部分都可以算作是奢侈。而人要是奢侈起来，那是没有尽头的。

这个世界已经足够复杂，能把复杂的生活过得迷人，把执拗的情绪释放得平和，不是一件容易的事。学会简单一点，其实就不简单。

在这个五光十色的世界里生活，复杂没有错，但不必刻意去复杂。为了一句“再不疯狂就老了”，然后通宵唱歌到早上七点，喝酒到吐胃穿孔，吃十斤小龙虾、一百串烤串，辞掉工作去云南去西藏去墨脱，与很多人恋爱，与各种人上床，听起来叫人热血沸腾，好像不虚此生。其实，这些更像是堕落，是放纵，放在青春里看似是容易被原谅，但其实并不值得喝彩。

你要记住一个古老的真理：越简单，越快乐。

不必担心生活乏味、世态炎凉、人情冷漠，至少至少，烤红薯总是一副热心肠！

其实，绝大多数人都是雷同的——在各自假装厉害的外表下都有千疮百孔的内心世界。知道了这些，你就不会觉得自己特别惨，也不会觉得自己是个世界的弃儿。

你就该明白，越微小的痛苦，越没有人能与你分享，你只能把它们，从一个肩头，换到另一个肩头。

更要紧的是，当你简化了你的生活，宇宙的法则也将随之简化：独处也不觉孤独，穷困却不会潦倒，无人帮扶也不觉得虚弱无力。

尼采曾说，要在自己的身上克服这个时代。

要克服什么呢？是生活的混浊、粗糙和不近人情；是世界的嘈杂、不公和狼烟四起；是间歇性的豪情万丈和经常性的悲观失望。

所以，永远不要丧，也别慌。丧气容易失礼，慌张容易失态。不如就认认真真地吃一个简单的烤红薯，然后开开心心地回家睡一个大懒觉。

我们毕生都要努力寻找的，也只不过是内心世界的片刻安宁！

喵记烤红薯

红薯、保鲜膜。

1 红薯洗净，不用控干水分；

2 用保鲜膜包裹严实；

3 将包好的红薯放入烤箱中；

4 高温烘烤五分钟，翻至另一面，继续高火力烘烤五分钟即可。

烤红薯片

红薯、油纸。

1 红薯洗净，削皮，切成厚度均匀的红薯片；

2 将切好的红薯片在清水中浸泡二十分钟；

3 将红薯片沥干水分，再放在铺了油纸的烤架上；

4 烤箱预热 220 摄氏度，烤十五分钟即可。

麻辣小龙虾

愿你不争不抢，也有岁月打赏

爆炒、油焖、清蒸、水煮、油炸……作为“入侵”物种，小龙虾颜面扫地，居然要靠人工养殖才能生存。

——

缺了小龙虾的夏天，总是缺少滋味的。

这不，大学最后一批国家励志奖学金公布名单的那天，寝室的几个死党硬拽着张玮出去吃麻辣小龙虾。本该榜上有名的张玮意外落选了，大家想借小龙虾来安抚一下他。

出人意料的是，张玮浑身上下都看不出一丁点儿的沮丧。只见他熟练地用双手捏着通红通红的小龙虾，轻轻把虾头和身体分开，吃一口虾肉，吸一口虾黄，再咬一口虾肉……全然是赴宴者的神色。

席间要去洗手间，他走出两步然后回头对着大家坏笑，神经兮兮地说：“谁都不许抢我的小龙虾，我都舔过了！”

和小龙虾“大战”了半个小时之后，张玮的碟子里的虾壳堆得整整齐齐的，干净利落得可以直接拿去拼成小龙虾标本。

这是张玮吃小龙虾的标志性动作，他的解释是，“我们有责任和义务保护小龙虾们最后的尊严”。

张玮是典型的“学霸”，各科成绩常年排名全校前列。他同时还兼任各种“官衔”，比如吃力不讨好的寝室长、逢来快递就去取的搬运工，以及笔记整理与分享负责人……

在张玮的无偿付出之下，同寝室的几个人懒出了人生的新高度，对张玮的依赖和照顾也到了前所未有的程度。但凡是张玮有个感冒发烧、头痛发热，以及伤心难过之类的事，他们表现得比照顾自己的女朋友还要殷勤。

可是，人一旦有了依赖感，瞬间就会变成幼儿园里等人来接的小朋友。

其中一个“小朋友”率先发话了。他对张玮说：“得奖的那个人怎么可能比得了你，肯定是走后门儿了。你的成绩比他高出一大截呢！”张玮没有接话茬，一门心思地剥着小龙虾。

另一个“小朋友”跟着喊：“你不争不抢，别人可不会拱手相让。”张玮吸了一下手指上的麻油，笑呵呵地说：“他家的小龙虾还真是好吃啊！”

张玮不想提这件事，因为是他主动退出竞争的。他不想让室友知道真相，是怕他们为自己抱不平，也怕他们把消息泄露了出去。他不想让那个人难堪。

可消息还是“败露”了。很快，他就接到了那个得奖同学的电话：“你还愣着干什么？笑啊，笑出声来啊！是你让着我，我才得奖的，你多英明神武，我多像小丑……”

张玮无奈地叹了口气，回应道：“你先平复一下情绪，然后我们再通话。”大约过了半小时，张玮主动给对方打了电话，还解释了泄露消息的多种可能，最后还主动向对方道了歉——因为这件事给对方造成了伤害。

室友觉得他太软弱，甚至是“有点傻”，五千元的奖学金就这么放弃了，还去给受益的人道歉，就拿起一本韩寒的《我所理解的生活》，故意大声地念给张玮听：“哎，中国的老百姓和龙虾很像，最能忍、最能扛，在什么样的环境下都能生存，虽然有两只钳子，但常被人在背后捅刀，而且也夹不到对方。一有惊吓，第一反应就是往后退。”

张玮依然露着他那标志性的温和微笑说：“不许诋毁我的小龙虾，我这不算退缩，只是他比我更需要这笔钱！他的学费和生活费都得靠他去勤工俭学。”

郴州是张玮的故乡，光着膀子啃着小龙虾的男人，大嗓门叫着再来两瓶啤酒的女人，大概就算是这座城市的“人烟”。挑选龙虾和煮食龙虾是张玮从小就会的。

比如说，挑虾知道看外壳，要买青壳的龙虾，青壳的爪子小，肉比较嫩，壳也好剥。红壳的龙虾只是外表好看，壳硬相对肉也粗些；然后看腹部和脚是否干净，脏乱的环境里生长的龙虾怎么也不可能做到清清白白。

郴州人还强调洗龙虾的重要性。清理的时候先抓住龙虾背部头尾相接的地方一边用水冲，一边用长柄刷子将龙虾腹部从下到上刷干净。很多时候，一斤虾能洗“个把钟头”。

给家人食用，新鲜和干净意味着安全，对商人而言，新鲜和干净意味着信誉。

爆炒、油焖、清蒸、水煮、油炸……作为“入侵”物种，小龙虾颜面扫地，居然要靠人工养殖才能生存。

作为小龙虾的痴迷者，张玮的爸妈也从小就向张玮传递着“活得新鲜并且干净”的理念。在那个很多人都教导孩子要提防坏人的时代，张玮的爸爸告诉他：“只有肚子饿的时候，吃东西才有益无害，同样，只有当你心里是善良的时候，去同人打交道才会有益无害。”

所以，当张玮把让出奖学金的事情告知并不富裕的父母时，得到的回应是：“儿子太棒了！”

温馨的家庭给了张玮充足的爱和关怀，同时也教会了他自律和有教养，并打造了一种不卑不亢、不争不抢的性格。他的生活态度是："与其去在意这个世界的险恶和不善良，不如经营好自己的尊严和美好。"

在谈论梦想的生活时，别人说的是具体到什么样的房子，什么样的车子，什么样的工作，张玮则说得很笼统："最好的生活，就是我愿意。"

他坚信自己有改变生活的能力——或者说，是改变环境让它变成自己喜欢的样子的能力。在他看来，有能力的时候就去努力实现自己的想法，时机尚未成熟，就去改变环境、心态和眼光，而不是把时间和精力用在抱怨、委屈和缩手缩脚上。

与世界相处，最好的姿势是不卑不亢，不争不抢；与自己相处，最好的状态是不愧不怍，不慌不忙。

年轻的时候，嘴巴、眼睛，以及手脚，都是不安分而且喜新厌旧的部位。尤其是当你跑到社会上去打拼的时候，舌头也跟着不安分起来，它也想做出一番事业来，要吃尽天下美食，要把那些稀奇古怪的食物和材料都尝一遍。

可是，就算是有锦衣玉食，有功名利禄，如果没有一颗安定的心，一种欣赏的态度，你是看不出美好，尝不出美味的。只有内心平和了，花才真正的香，生活之美才真正的动人。

岁月没日没夜地呼啸而过，从来不肯为你我稍作停留。被岁月打磨，很多人的初心最终成了粗心，习惯将自己武装，练就一颗铁石心肠，不再为微小却美好的事物感动，只能假装是一个强硬的大人。为“得不到的”烦，为“已失去的”烦，为能力不够烦，为得非所愿烦……

但是，如果心情总是处在颠簸之中，有再大的能耐也不会快乐。只有实现对周围的人、对外部的世界的“人和”，幸福感才会水涨船高。

一个内心稳固的人既不害怕独处，也不害怕人群，因为他们可以在独处时心中绽开大千世界，也可以在人群中保持一份平和。他能坦然地面对得到，也能安然地接受失去，并以此确立自己在这个世界上的位置。

舒心不过是，你在忙碌，却有等待和归途。

所以，要和和气气，要安安静静；要做一个明亮的人，要有一个封藏的故事；要看一遍日落长河，要安稳度过一生。

愿你不声不响，也能光芒万丈；愿你不争不抢，也有岁月打赏。

喵记麻辣小龙虾

小龙虾、食用油、姜葱蒜、

干辣椒、八角、桂皮、花椒、草果、白蔻、甘草、

香叶、白糖、红烧酱油、蒸鱼豉油、盐、啤酒。

1 准备好葱姜蒜、香料;

2 开火，食用油烧至五成热，依次放葱姜、香料和干辣椒，整体炸出香味;

3 放进清洗干净的小龙虾，翻炒至龙虾全部变色，并且尾部向里卷起;

4 加白糖翻炒均匀;

5 将红烧酱油、生抽、蒸鱼豉油倒进去翻炒;

6 倒入啤酒，翻炒均匀后加清水，水位浅浅地没过龙虾即可;

7 中小火盖锅焖煮十分钟;

8 打开锅盖放入盐和蒜瓣，翻炒均匀后，再次盖上锅盖焖煮五分钟，即可出锅。

鱼香茄子

即便一无所有，也不能没有胃口

熬不住的时候，哑巴就给自己做一大盘鱼香茄子，然后吃掉三大碗米饭。这会让他想起那个倒霉的夏天，想起家里被小偷翻得一片狼藉，想起一家三口沮丧又温馨地围着一张桌子吃一盘鱼香茄子的场面，这会给他莫大的鼓舞，让他坚信：一切都会好起来的，人生不会一直难挨下去。

——

哑巴的爸爸是个话痨，他可以黏着高冷的妈妈说上一整天的“废话”，也可以跟不会说话的哑巴儿子聊一个下午。

哑巴的妈妈有时候会被他逗得哈哈乐，有时候也烦得想骂人。

“楼下超市的芹菜最近涨了两毛钱，街对面的那家没涨价，但没有楼下这家的新鲜。”

“药店又在做促销活动，办会员卡除了能打折，还送鸡蛋呢！”

“隔壁李家的孩子高考考了个专科学校，听说他平时成绩挺好的，可惜了！”

“小区的门卫换了个胖小伙儿，每次都主动帮我开门，人看着就很不错的样子。”

……

妈妈实在不爱听这些鸡毛蒜皮的小事了，就说：“你这么爱讲话，那你给我讲一个美人鱼的故事吧！”

爸爸顿了顿，很认真地说：“我敢打包票，世界上一定不存在美人鱼，否则，典籍上一定会记载它的做法和口感。”

哑巴并不是天生就是哑巴，三岁的时候他也是个话痨。别人不说话，他能咿咿呀呀地问十万个为什么，“为什么我要叫你爸爸？”“为什么妈妈那么凶？”“为什么晚上必须要睡觉？”……

别人要是问他一个问题，他也能东拉西扯回答出十万个不为什么：“我不想回答你”“我一会儿告诉你”……

可惜的是，他后来发了一次高烧，烧了整整三天，而爸妈都忙于生计，结果一场高烧就夺去了他在这个世界上的“话语权”。

妈妈从医生那里得到了“你儿子这辈子可能都不能再说话”的消息时，悔恨得直抽自己耳光，爸爸一把抱住了她，说道：“没事没事，会好起来的。”

后来确实好了一些，哑巴顺利地通过了聋哑学校的入学考试，并且成绩一直是名列前茅。

在哑巴七岁那年夏天，家里进了贼，所有值钱的东西都被洗劫一空。在那个年代，贵重物品和存款都是藏在床底、压在箱底，或者在柜子里锁着的。无奈的是，小偷的技艺太高超，里里外外都被偷了个遍，当时的情况用四个字形容就是“家徒四壁”。

哑巴的妈妈显得很慌，坐在床头嘤嘤地哭，爸爸则在衣柜里到处翻，并且成功地翻出了三块五毛二。

他乐呵呵地对哑巴的妈妈说：“没事没事，都会再赚回来的，你和儿子没事就好，咱们手头还有三块五毛二，下馆子去吧！”

去倒是去了，可妈妈没让点太多菜，三个人就点了一盘鱼香茄子，结果吃了六碗米饭，那个悲惨日子里，这份难得的满足感和那个浓郁的酱香味让哑巴终生难忘。

人往往在闲得发慌的时候最矫情、最脆弱，在深渊挣扎的时候最清醒、最坚强。

被盗事件之后，哑巴的爸爸更玩命地工作，他要养家糊口，还想让这个家少一些后顾之忧。

和勤劳工作一起增强的是爸爸的话痨。但凡是有空暇时间，他不是追着妈妈说家长里短，就是对着哑巴夸夸其谈。说话成了爸爸的休息方式的一种，它更大的意义还在于，让这个暂时落魄的家庭热闹了起来，就像是一把锅铲，将加了酱、添了油盐的素味茄条翻炒出了迷人的鱼香味。

然而不幸却接二连三地降临。

哑巴大二那年，爸爸被查出了极难治疗的直肠癌，尽管有保险，尽管有一笔存款，尽管有妈妈的悉心照料，但爸爸还是被死神盯得紧紧的，三天两头就要进一次重症病房。

更让人始料未及的是，因为太过劳累，妈妈突然心脏病发作，竟然早于爸爸去世了。在病房里，哑巴趴在床头哭得撕心裂肺，爸爸安慰说：“没事的，没事的，都会好起来的。”

可说完这句话没到半个月，爸爸也去世了。

一连串的打击让哑巴有点儿蒙，他需要非常努力地自我安慰才能找到一丁点儿的理由去爱这个世界。

庆幸的是，哑巴的爸爸给他留下了最宝贵的遗产——乐观。他全身心地运用着这笔财富：用舌尖去寻找酸甜苦辣咸，用眼睛去聚焦美好，用耳朵去筛掉嘈杂，用手指去触摸那些喜欢的东西，然后用大脑牢牢记住这些快乐的感觉。

实在是熬不住的时候，他就给自己做一大盘鱼香茄子，然后吃掉三大碗米饭。

这会让他想起那个倒霉的夏天，想起家里被小偷翻得一片狼藉，想起一家三口沮丧又温馨地围着一张桌子吃一盘鱼香茄子的场面，这会给他莫大的鼓舞，让他坚信：一切都会好起来的，人生不会一直难挨下去。

慢慢地，他好像强大到了什么都能独当一面的阶段了：不会有

世界上一定不存在美人鱼，
否则，典籍上一定会
记载它的做法和口感。

太多的来日可期，也不会轻易地血脉偾张，不会有频繁的情绪失控，也不再患得患失。

他选择睡到自然醒，然后准时准点地起床，把地板拖得干干净净，把衬衫和外套洗好晾在阳台上，整理好桌子上杂乱的书和文件，认真赤诚地过好每一天。

《霍乱时期的爱情》里面有这样一句话："诚实的生活方式其实是按照自己身体的意愿行事，饿的时候才吃饭，爱的时候不必撒谎。"

每逢难处到来的时候，他就提醒自己："我不能就这么尿了，我更不能就这样一副衰相地死掉，我是主角，是人生这场戏的票房和收视率的保证。只有那些可有可无的配角才会在电视剧的第二集被人弄死。"

生活中诸事不顺的时候，他就暗示自己："还是要尽量让自己可爱一些，因为生活可不会一直难挨下去。"

他甚至还为自己准备了相亲的广告："致未来的那个女孩，我已经学会了做西红柿炒鸡蛋、麻婆豆腐、大盘鸡、可乐鸡翅、蛋炒饭、鱼香茄子，还有红烧牛肉了，快快来吧，我要养胖你！"

有人问他："你是怎么学会如此乐观地享受生活的呢？"

他回答说："因为我会做鱼香茄子。"其实他没说的是：因为他认清了一点，就是生活不会彻底好起来，永远有糟糕的事情在等着他，所以他就把此时此刻能够开心、顺利、平安的这一小会儿，当作是人生中难得的美好时光。

是啊，既然一定有失去的那一刻，那就在得到的时候，义无反顾地开心下去；既然一定有糟糕的时候，那就在没那么糟糕的时候尽量让自己快乐一点儿。

当你把自己的人生当作一场必然会结束的游戏，跌倒了你就不会哭，闯关失败了你也不觉得丧，因为玩都来不及，哪还有空去悲伤？

一个人的出生只决定了你穿什么样的衣服，吃什么样的食物，并不妨碍你怎样做事，也不妨碍你选择怎样去生活。所以，生活中别为自己的不坚强找各种理由了。

经常听见有人说："只要你知道去哪里，全世界都会为你让路。"现实不是这样的，没有人会给你让路，你还是得翻山越岭，单枪匹马地去闯荡、去死扛。

真实情况是，世界并不会因为你努力了，就有义务给你机会，但因为你努力、你知道去哪里，你会发现一条路，而不是满心委屈地说自己已经无路可走。

不管你在痛苦的深渊无法见到一丝光明，还是被暂时不太如意的生活弄得心烦意乱，但不得不相信的是，美食就是最大的利器，它会愈合你痛苦的伤口，只要你在这个过程中不放弃，不堕落，美食就会给你机会去打败它、矫正它，直到出现转机。

是的，人生难免会有难挨的时候，但一定不会一直难挨下去！

即便一无所有，也不能没有胃口。吃出了味道，就能活出乐趣。

所以，在痛苦时尽量地吃饱饭、泡个澡、早点睡觉。不是教你活得没心没肺，而是要你明白，痛苦不会自己消失，它会长久顽固地横在你面前，你必须保持精力，才能跟难熬的日子对抗到底。

是的，难熬的日子总需要更多精力。

生活本来就是件不易的事，所以才要学着如何更快乐地活。努力过一天，多微笑一次，多去一个好玩的地方，多遇见一个喜欢的人，多吃一顿鱼香茄子，多吃一碗米饭……这些才是你给自己的礼物。

喵记鱼香茄子

茄子、香菇、郫县豆瓣酱、

泡红椒、泡小米辣、生抽、老抽、醋、白糖等。

1 调一份鱼香汁，按老抽 2、生抽 2、糖 3、醋 4 的比例；

2 茄子切成条状，香菇、泡红椒、泡小米辣、姜等剁碎；

3 油锅烧热，放入红椒、小米椒，爆香之后加入豆瓣酱，翻炒至油色发亮；

4 加入香菇碎、茄条，加入调好的鱼香汁，翻炒入味；

5 起锅前放水淀粉收汁，倒出备用；

6 油锅烧热，将炒过的茄条倒入，煲煮至完全熟软出锅即可。

提拉米苏

什么愿望，蛋糕都愿意听

每每觉得日子难熬或者无聊的时候，橘子小姐就会一个人到甜品店里吃一份提拉米苏。除了贪恋提拉米苏的香、滑、甜、腻之外，更重要的原因是，橘子小姐能够对着它许愿，说出真实的想法。在强大而顽固的生活面前，提拉米苏似乎变成了橘子小姐的救命稻草。

——

橘子小姐一个人坐在蛋糕店的角落里，周围都是十七八岁的小情侣。

正吃着的时候，一个帅气的男生突然过来搭讪："美女，这位置有人吗？"

橘子小姐心里一顿小鹿乱撞，心想着"这是要走桃花运了"。一顿扭扭捏捏之后，居然连话都说不出来了，只是傻傻地摇了摇头。

然后，帅气的男生帅气地把椅子搬走了！

橘子小姐只能尴尬地对着盘子里仅剩一半的提拉米苏说："请让我再遇见他一回，我保证不打死他！"

橘子小姐所在的县城很小，小到只有这一家甜品店。

但橘子小姐的家庭则很庞大，上有八十多岁的太公太婆、六十多岁的爷爷奶奶、四十多岁的爸爸妈妈，下有两个十几岁的妹妹和一个四岁的弟弟。在这个重男轻女的观念根深蒂固的家族里，从出生的那天起，橘子小姐就注定了是最容易被忽略的那个。

没有人会记得她的生日，更别说过生日了；没有人在乎她的作业有没有写完，自然也没有人逼着她“天天向上”。所以她十八岁的时候就“顺利”地辍学了，之后在蛋糕店对面的饭馆里当了两年多的学徒。

她没有什么非常喜欢的电影、歌曲、戏剧和明星，没有非常沉迷的爱好，也没有恨不得马上就拥有的东西。她时常会觉得人生很寡淡，也很辛苦，有时候还会消极地认为：这个世界有她和没她，并没什么不同。

每每觉得日子难熬或者无聊的时候，橘子小姐就会一个人到甜品店里吃一份提拉米苏。除了贪恋提拉米苏的香、滑、甜、腻之外，更重要的原因是，橘子小姐能够对着它许愿，说出真实的想法。

比如说，“请让老板忘了我这个月已经迟到了几次，我那点儿工资不够扣了”“请让妹妹找不到我藏起来的那条连衣裙，一定一定”“请让太爷打呼噜的声音再小一点儿，一点儿就行”“请让爸爸中一次彩票，然后给我买一部新手机”。

在强大而顽固的生活面前，提拉米苏似乎变成了橘子小姐的救命稻草。它以香浓咖啡的苦味，蛋与糖的润滑，甜酒的醇厚，巧克力的馥郁，手指饼干的绵密，乳酪和鲜奶油的稠香，以及可可粉的细腻，冲击着她的视觉，把她的渴望、不满、挑剔和妥协等错综复杂的情绪一并没收了，让她短暂地相信，糟糕的生活还有转机。

一个月之后的某个周末，橘子小姐被二姨拉去相亲，地点还是那家甜品店。

她本来是一百个不情愿，但落座之后才发现，对面的男生居然就是搬走椅子的那位。“啊哦，许愿灵验了！”橘子小姐心里嘀咕道。

二姨滔滔不绝地向男生介绍了橘子小姐的各种优点，就好像她是橘子小姐的亲妈一样；紧接着又把男生方方面面都夸了个遍，就像是不嫁给他将会是终生的憾事那样。然后，二姨借故离开了甜品店。

橘子小姐和男生对视了几秒，男生先开口：“好久不见啊，提拉米苏姑娘！”

“啊？”橘子小姐明显是慌了，她本以为自己才是站在暗处的那个人，不料对方连自己喜欢吃什么都记得。

也就是在那天，橘子小姐听到了另一个版本的相遇故事。

“那天在甜品店里遇见你，我本来是想上前去打个招呼，可刚开口，就发现你当时吃得满脸都是奶油，眼神中还有一些不耐烦的东西，我就只好借口搬椅子。你对着我摇头的时候，我只想着要快点转身，因为感觉我的脸已经红得像熟透了的龙虾。”

橘子小姐“扑哧”一声就笑了。

后来的聊天也变得轻松起来，既是因为没有了成见，更是因为橘子小姐已然被对方迷住了。

聊到美食的时候，橘子小姐极力向男生推荐甜品店的提拉米苏，夸它的香甜可口，并且分享了自己的小秘密，她很认真地对男生说："什么愿望，蛋糕都乐意听！"

聊到文学的时候，男生从包里掏出了一本小说，是马尔克斯的《霍乱时期的爱情》。他像个讲师一样自问自答："一个人能为爱情等待多久？答案是，五十一年九个月零四天。"

橘子小姐其实根本就看不进去小说，但她在临别时还是向男生借了这本小说。

男女之间最暧昧的事，莫过于借东西。一借一还，就有了两次见面机会。

四天后，橘子小姐以"还书"的名义和男生见了面。她用这四天时间恶补了那本小说，再次见面时，她已经能够接上男生关于这本小说的话题了。

见面地点还是那家甜品店，橘子小姐对着提拉米苏蛋糕再次默默地许愿了："请让他一生一世地留在我身边吧！"

顺理成章地，他们恋爱了。

真心也许并不值钱，

但给对了人，它就是天价。

男生并不富裕，工作也不轻松，但对橘子小姐却十分慷慨，并且真心。

早晚的问候，节日的陪伴，以及时时刻刻地关怀……对于前二十年都不被人关心的橘子小姐来说，“真心”显得尤为重要。

是的，真心也许并不值钱，但给对了人，它就是天价。

恋爱的第十八周，橘子小姐已经胖出了人生的新高度。一看到吃的，她就迈不开腿了，脚底下像生了根似的，不吃到嘴，像是丢了钱一样落魄。

男生问她：“你是仙女吗？”橘子小姐答：“当然是啊！”

男生一本正经地说：“那你要记得，作为仙女，你是喝露水的，所以你不能再吃了。”

橘子小姐只说了三个字“我饿了”，男生就迅速去给她买了两块提拉米苏。

橘子小姐边吃边笑道：“不爱提拉米苏的男朋友不是合格的男朋友，没有提拉米苏的生活不是梦想的生活。”

温馨提示：当一个女生对你说“我饿了”的时候，是想听到“我这就去买”，而不是“你得减肥了”或者“我也好饿”。

记住了，“我爱你”和“我饿了”，都是极其重要的事！

恋爱的第三十三周，男生第一次去拜访了橘子小姐的家人。然而他并没有被这个拜金的大家庭所接受，不论是男生的家境，还是他的将来，都没有让橘子小姐的家人满意。

第二天一大早，男生焦虑地给橘子小姐发了短信：“昨天晚上，我梦见你了，却是个噩梦。梦里的我是只长了犄角的丑陋的怪兽，买了玫瑰去见你，你被我吓着了。”

橘子小姐懂他，很认真地回复道：“你是我的，谁都抢不走，我就是这么霸道；我是你的，谁都领不走，我就是这么死心。”

那天，他们俩各自对提拉米苏许了愿：“这一生，我非他不嫁”，“这一生，我非她不娶”。

关于提拉米苏，有一个浪漫的爱情故事。

一个意大利士兵即将开赴战场，可是家里已经什么也没有了，爱他的妻子为了给他准备干粮，把家里所有能吃的饼干、面包全做进了一个甜点里，这就是提拉米苏。每当这个士兵在战场上吃到提拉米苏就会想起他的家，想起家中的爱人。

在意大利文里，提拉米苏有“带我走”的含义，带走的不只是美味，还有爱和幸福。

真正的爱情需要什么？需要两个人在一起是轻松快乐的，没有压力。

真正的爱情是什么？是你愿意舍弃你的所有，把你整个余生都交付给他；是他决心要用他的一生，把你的一生慢慢看完。

恋爱的第五十三周，男生向她求婚了，只说了三个字——“相信我”；恋爱的第一百零四周，她为男生生下了第一个女儿，男生只说了三个字——“辛苦了”；恋爱的第一千四百八十周，他们唯一的女儿出嫁到异地，男生搂着橘子小姐的肩膀说：“还有我。”

恋爱的第两千五百九十周，男生收到了橘子小姐的病危通知书，他重复着对橘子小姐说：“我在这”；恋爱的第两千六百八十八周，橘子小姐要走的前一刻，他亲吻她的额头轻声说：“你等我。”

这一生，男生都没对橘子小姐说过一次“我爱你”，但爱，从未离开过。

所有的深情，其实都是由许多细碎的、平常的时光串成的，就像一串露着微光的小灯泡，静静地匍匐在脚边，照亮着相爱的两个人那样慢、那样长的一生。

也许当时都只是些寻常事、寻常光景，等到灯火已阑珊，这才发现，那些寻常日子是多么美好的祝福。

喵记提拉米苏

芝士、鸡蛋、细砂糖、手指饼干、速溶咖啡、可可粉。

1 将蛋黄、蛋清分离，先打发蛋清；
2 细砂糖分三次加入打发，直到提起有明显小毛尖即可；
3 蛋黄与芝士一起用打蛋器打匀；
4 将打好的混合物取出三分之一，放进容器铺平；
5 手指饼干沾上速溶咖啡之后，放进步骤 4 的容器内；
6 用剩余的混合物将手指饼全部覆盖，并且让其表面平整;
7 用铝箔纸包裹住容器，放进冰箱冷藏至少四小时；
8 撕掉铝箔纸，撒上一层可可粉即可。

西红柿炒鸡蛋

放过自己，而不是放弃自己

大春是第一次下厨，尽管他自信做这盘菜难不倒他。但结果呢？咸了加水，淡了加盐，反复几次后，他“成功”地将西红柿炒鸡蛋做成了西红柿鸡蛋汤。毕疤子看不下去了，就亲自下厨给他炒了一份。于是，那顿饭就有两个菜：一个西红柿炒鸡蛋，一个西红柿鸡蛋汤。

——

大春举着打火机，扯着嗓子对围观的吃瓜群众喊：“你们都滚开，离我远点儿！”他的另一只手抱着一个煤气罐，俨然像个准备就义的英雄。

他歇斯底里其实是为了一个姑娘。这姑娘本是校门口一个烤串摊位的摊主，也是大春的初恋，但她突然跟大春提了分手，并很快跟卖臭豆腐的摊主好上了。大春一怒之下，将她摊位下的煤气罐拆了出来，对那姑娘一通乱吼：“你怎么能不要我了呢？”“我对你多好啊？”“你 TMD 怎么回事啊？”

闹剧大约进行了十分钟，人堆外面有人发话了：“你要想死，就滚远点儿去死，死之前给你爸妈打个电话，生命是他们给的，你不想要了，最好也征求一下他们的意见！”

说话的人叫毕疤子。他是学校教务处的，家就住在校门口，因为脸上和脑门上有很明显的伤疤，所以大家送给他一个不太体面的称谓。

关于伤疤，毕疤子对外宣称是跟硬闯校门的流氓打架留下来的，语气中夹杂着很强的炫耀意味，就好像是战士在战场上负过的伤。

其实早在一个月之前，大春就和毕疤子结下了梁子。

因为在上课期间翻学校的围墙去见女朋友，大春被毕疤子逮了一个现行。为了杀一儆百，毕疤子请来了大春的家长，并且在课间操结束之后，让他们一家接受了全校师生的“观摩”。

大春被要求站在国旗下念检讨书，而他的爸妈则被要求站在一旁旁听。就这样，这个三口之家手足无措地站在高高在上的主席台前，摆着三副想钻进地缝的表情，接受了全校师生的“瞻仰”。

大春念完之后回头看了一眼春光满面的毕疤子，心里念了一句：“今天真是个艳阳天啊！”

拎着煤气罐的大春对毕疤子使劲地挥手，嘴里喊着“你滚开”，可毕疤子却在一步步地朝他走去。大春急得骂了娘，然后把打火机点着了。可毕疤子还是不管不顾地朝他走去。他在不到一米的距离顿了一下，再突然往前，一把将大春扑倒在地，并成功地夺下煤气罐和打火机。

毕疤子恶狠狠地对大春说：“你个蠢蛋，点煤气罐自杀，你就不知道要先开阀门吗？你拿个打火机吓唬谁啊？”

毕疤子把大春揪了起来，轰散了围观的人，再直接把大春拽进了自己家。他指着茶几上的一张小女孩的照片，对大春大声说：“有些人想活都活不了，你居然想死！”

毕疤子讲了一件往事，这要回溯到八年前。

那是个傍晚，毕疤子带着两岁多的女儿在小区里散步，突然一个收泔水的老头子开着一辆三轮车就冲了过来，三轮车冲破了栅栏，直接碾过小女孩，再径直将毕疤子撞飞了。等他醒来的时候，他的头部严重受伤，他的第一句话是，“我女儿呢？”

护士小心翼翼地说：“抢救了八个小时，但……没救过来。”

毕疤子疯狂地拔掉输液的针头，疯狂地往病房外面冲，他要找那个老头子报仇。

结果是，那个老头子当着警察的面对毕疤子说：“要钱没有，贱命一条，你用得着，尽管拿去。”

真的，没有什么比坏人的这种冷静更让人恼火的了！

讲到这儿的时候，毕疤子对大春说：“遇到失恋这种芝麻豌豆大的事情，你就去寻死觅活的，要是换成我这件事，你恐怕早就死了八百回！”

“那后来呢？”大春低声问道。

“后来我就一个人锁在家里哭，哭了好久，哭累了，最后满屋子找吃的，结果只找到了鸡蛋和西红柿，我就给炒着吃了。我现在一遇到什么想不开的事情，就会给自己做一盘子西红柿炒鸡蛋。比如上个月，你翻学校的围墙，我就吃了一次！”

大春被毕疤子逗笑了，他说：“那我给你做一盘，这个简单！”

毕疤子有点吃惊，他欣然同意了。但他再三跟大春强调：做西红柿炒鸡蛋，西红柿要选自然熟透的，糖要少放。做的过程中，要先炒一下鸡蛋，再放西红柿。

大春却在一袋子西红柿里面选了三个颜色最青的，炒的时候先放了西红柿，并且加了好几把白砂糖。他显然是故意的！

把西红柿和鸡蛋弄熟了当然容易，要用的食材调料往锅里一扔，由着它煮就行！但要让大家都觉得好吃却很难。一盘成功的西红柿炒鸡蛋，是酸甜咸鲜都很适中的那种。

鸡蛋是理性的，它负责这盘菜的内核；西红柿是感性的，它主导口感和色相；盐和糖代表了看待生活的视角。若是太理性，这盘菜得改名换姓；若是太感性，它就会失去口感和色相；而手一哆嗦加多了调料，又会齁得慌！这微妙的平衡感，只有高手才能拿捏得了。

愿你有前进一寸的勇气，
也有后退一尺的从容。

可大春是第一次下厨，尽管他自信做这盘菜难不倒他。

但结果呢？咸了加水，淡了加盐，反复几次后，他“成功”地将西红柿炒鸡蛋做成了西红柿鸡蛋汤。

毕疤子看不下去了，就亲自下厨给他炒了一份。

于是，那顿饭就有两个菜：一个西红柿炒鸡蛋，一个西红柿鸡蛋汤。

青春就像这平凡无奇的西红柿炒鸡蛋。每个人都配得上它，每个人都觉得会做，本是那么不值一提的存在，却可以让那么多惊慌失措的灵魂突然找到了安身之地，让那么多受伤的人突然变得胃口大开！

一碗白米饭，配一份酸爽可口、简单易操作的西红柿炒鸡蛋，再撒上细细的葱丝，黄色是生命，红色是热情。看着黄色与红色的交织，心情很快就能晴朗起来。

吃完之后，落寞和愤怒都消解了。青春这头困兽也突然变得温顺起来，就好像突然之间就接纳了世界的复杂、黑暗和荒诞，也就知道在面对它的时候再多加一些耐心和谅解。

张爱玲曾写道，“许多事情，看得开是好，但看不开，也终归是要熬过去的。千万不要以为看不开就不会过去”。

这个世界不会在你半夜饿了的时候，在你面前摆上美酒佳肴；也不会在你伤心绝望的时候给你一个肩膀靠一靠。它只会给你诸多磨难，而你呢，真的不必担心自己会承受不住，你要相信自己的承受底线，它会不断地被这个世界刷新。

当生命的考验来袭，如果你不是转身逃避，或者直接被打趴在地上，而是坦然接受，那么，你迟早会变成一个更强的人。当其他考验降临时，你会惊讶地发现，自己不再大惊小怪，不再怨天尤人，而是能以更成熟、更自信的方式，勇敢地向挫折下战帖。

一切都经过了，一切都走过了，一切都熬过了，生命的底色就会增了韧性，添了柔情。这时候，你就会平和下来，因为你已经沉静到被打扰也不会乱，已经稳健到被怀疑也不会动摇，已经淡定到被诋毁也不会聒噪。

人生总是在前行，那些所有你以为过不去的过去，最后都留在了过去。人生这部大戏，一旦拉开序幕，不管你如何怯场，都得演到戏的结尾。

你已经是个大人了，不能再因为一点感情问题就失魂落魄，不能遇到一点儿挫折就丢盔弃甲。你可以有一段糟糕的日子，但不能放纵自己过一个烂透的人生。

《白鹿原》里频繁出现四个字："好好活着！"活着就要记住，人生最痛苦、最绝望的那一刻是不会死掉的。熬过去、挣过去，你就会看到一个重大的转折，开始一个崭新的逆袭之旅。

反之，心软一下，又或者熬不过去，很可能这一生就毁了。

不那么好过的日子里，要学会每天给自己找一个开心的理由，哪怕只是阳光很暖，电量很满。

切记，熬得住，才能熬出头。

喵记西红柿炒鸡蛋

西红柿、鸡蛋、葱、盐、火麻油、味精。

1 先将材料准备好；

2 西红柿切好；

3 打鸡蛋：将鸡蛋打入碗中，加入适量的盐搅拌均匀；

4 小火起锅，倒油，将打好的鸡蛋倒入，炒熟盛出备用；

5 再起锅，倒入些许油，放入西红柿翻炒；

6 加入糖和盐，翻炒均匀即可出锅。

水煮毛豆

第一次做人，你已经很努力了

原来水煮毛豆还是个哲学家，既要经历开水时的热血沸腾，也要承受在冰箱里的心灰意懒，之后才能变成美味的佳肴。人生也是如此，在该拼命努力的时候，就全力以赴；在疲惫受挫的时候，就要懂得与自己和解。

学生时代的夏天才配叫夏天，有漫长得让人失去耐心的假期，有蝉声里孙大圣呼唤二师兄的喊声，以及空调房里大快朵颐地啃着西瓜。再不济，也可以邀来三两个小伙伴，在泳池里翻腾一个下午，然后湿漉漉地爬出来，顶着烈日往家走，路上还在猜，“今晚大概是吃水煮毛豆”。

美好的夏日时光就像树荫那般清凉，而一旦长大了，七八月份只能叫“天好热的那些日子”。

天好热的那些日子里，子怡的情绪很糟。

就在下班前，子怡的妈妈给她打电话，大意是说，想在市中心给子怡的弟弟买套房子，老家的房子已经卖掉了，但首付还差一点，让子怡想想办法。

听到差额，又听完月供的数目，子怡不解地问：“他现在懒到不工作的地步了，拿什么还房贷？”

妈妈说：“先给他备着，房价实在是涨得太快了。房贷用我的退休金还，你不用担心的！”

子怡追问：“那你拿什么生活？”

妈妈说：“我没关系的。我们是一家人，你是姐姐，他是弟弟，你要多帮帮他，以后你还能靠你老公，他只能靠他自己了。”

子怡没敢说，她是多么渴望想在这个大城市里买一套单身公寓；子怡也没敢问，明年或者后年自己要嫁人时，该拿什么做嫁妆？

子怡也想说自己没钱，可她怕伤了妈妈的心。但实际情况是，她的储蓄远不及首付差额的零头。工作几年来，除了基本的生活开销、支付房租，她还要为弟弟的学费和生活费买单，同时还要贴补妈妈的家用。

几年来，她舍不得换手机，也舍不得去旅游，活得像是这个繁华都市里的难民！

很多时候，越是亲人，就越累人。

一方面，子怡觉得帮弟弟是应该的，另一方面，子怡意识到自己的能力有限。可为了不让妈妈失望，子怡答应了，“妈，你放心吧，我来想办法。”

她能有什么办法呢？无非是更拼命地工作，外加兼职，无非是更苛刻地省吃，并且俭用。

子怡和男友是同事关系。子怡总爱喊他叫“少年”。

少年是负责软件开发的，瘦长瘦长的个头，像极了一根绿豆芽，长着一对粗眉毛，像是俊秀的脸上长了两只毛豆。每说两句话，就抿着嘴笑，眉毛就会跟着动起来，不免让人担心，怕蹦出几颗豆粒来。

少年经常加班到下半夜，为了攻破某个挑剔客户提出的难题，为了解决一个顽固的 BUG，当然了，都是为了升职加薪。

子怡则是负责广告营销。月薪过万，住的是租来的两室一厅的房子，收留着一个好吃懒做的亲弟弟。

作为单亲家庭的孩子，子怡的妈妈独自一人带大她和弟弟两个人。作为姐姐，子怡从小就表现出高于年龄的成熟懂事。妈妈也毫不见外，她把绝大部分的关爱都给了弟弟。弟弟上高三的时候学会了逃课，后来去念了职业技术学校，三个月之前就毕业了，却一直拖到现在都没去找工作，安逸地住在子怡这里。

除了管吃管住，子怡还得管他的生活费和零花钱。而子怡则是过着不敢辞职，不敢请假，上下班舍不得打车的生活，出门见客户也都选择挤公交地铁，像是活在沙丁鱼罐头里讨生活。

她不敢把家里的事告诉少年，也觉得指望不上少年。

加班到半夜三更，当子怡在为一个兼职文案而熬夜鏖战时，少年同样是在电脑桌乱晃鼠标，显得比子怡还要热锅蚂蚁。

每逢觉得绝望的时候，子怡就会蹦出一句话：“咱们下楼吃点儿东西再回来拼命吧？”少年像是得到了某项停工指令，锁紧的眉头也松开了，冲着子怡用力地点点头。

他们去了最爱的那家小吃店，要了两份油泼面，每份都加了两个蛋，一只鸭腿，还要了排骨汤！

对于吃货来说，人生最美好的事情莫过于有食物相伴。只要是想着一会儿要去吃什么，人生就充满了希望。

他们边吃边聊，说的往往都是些八竿子打不着的事情，比如大学校草暗恋的某某，比如初恋时有多傻，以及那些后来都失去联系了的青梅竹马们。

吃完之后，两个人出门又撸了串，喝了啤酒。经过一家水果摊的时候，他们被一连串的广告词给吸引住了。子怡因为太喜欢就大声地念了出来。

“致杧果，你很好吃，我也很喜欢你，希望你努力把中间的核给进化掉，加油啊！”

“致草莓，你很好吃，我很喜欢你，希望你努力把个头再长大一点儿，加油啊！”

“致柚子，你很好吃，我很喜欢你，希望你努力把皮进化得容易剥一些，加油啊！”

人生最美好的事情莫过于有食物相伴。
只要是想着一会儿要去吃什么，
人生就充满了希望。

“致车厘子，你很好吃，我很喜欢你，希望你努力再高产一点儿，毕竟，二胎都放开了，加油啊！”

“致板栗，我很喜欢你，希望你进化得可以听见我的指令，我说一声 biu，你就马上炸开，加油啊！”

子怡这边念着，少年在那边笑着。惹得摆夜摊的女老板搭讪了：“都是第一次做水果，它们已经很努力了，就别太勉强啦！”

子怡和少年又被逗乐了，笑完之后，就买了一大袋子水煮毛豆，作为下半夜的零食。

临走的时候，女老板提醒说：“吃毛豆可不要趁热吃，最好是用保鲜膜包着，放冰箱里凉一下，这样更美味。”

原来水煮毛豆还是个哲学家，既要经历开水时的热血沸腾，也要承受在冰箱里的心灰意懒，之后才能变成美味的佳肴。

人生也是如此，在该拼命努力的时候，就全力以赴；在疲惫受挫的时候，就要懂得与自己和解。张弛有度，收放自如，才能既获得个人的进步，又能享受到生活的美好。

生命不必每时每刻都要冲刺，低迷的时候，就当是给自己放了一个悠长假期。紧张，是为了成为更厉害的别人，而放松，是做回自己。

在回家的路上，子怡借着酒劲儿对少年说了句情话："致亲爱的，你很好，我很喜欢你，希望我能像你一样厉害，做一个独当一面的强人，我还要继续努力啊！"

少年顿了一下，一脸温柔地对子怡说："坚强了那么久，你已经很厉害了；当了小半辈子的救世主和女汉子，你也该歇一歇了。第一次做人，你已经很努力了！"

子怡被惊住了，原来这个看似笨拙的少年，居然什么都懂。他居然看穿了自己外在假装出来的强硬和内心里无人可以诉说的愁苦。她突然觉得踏实了很多，就把脑袋一歪，靠在了少年的肩上。

常常听到老人告诫年轻人：饭要一口一口地吃，路要一步一步地走。

在这个节奏飞快的时代，等车时，希望车快一点来；等信号灯时，希望绿灯快一点到；排队时，希望队快一点走；吃饭时，希望饭快一点好……仿佛每一个人都被上了发条，给自己预设了快节奏的生活，仿佛一旦慢下来，那根紧绷的弦就会断掉。

可是，你是否发现，太过执着于结果，却忘了要好好生活。

所谓积极的生活，并非一定得是那种拼尽全力，分秒必争，张口梦想，闭口未来的生活方式。有时候放松地欣赏一部电影，养一盆花，认真地烹饪一顿美食，或者坐在路边看看人来人往，只要是那些能够让我们感到充实和满足的事情应该都是积极的。也许那些被你误解的虚度时光，才是生活的本质。

如果说人生就像一篇文章，那么，没有谁能够一口气从头念到尾。此时着急忙慌的你呀，就当是自己正停在人生的逗点上，抽空歇一歇，不也很好吗？

不要咄咄逼人，也不要咄咄逼自己，在这不安的世界里优雅前行吧！

喵记 水煮毛豆

毛豆、八角、花椒、姜、香叶、干辣椒、盐。

1 毛豆洗净，剪去两头，便于入味，姜切片；

2 锅中下冷水，放入八角、花椒、姜片、香叶、干辣椒；水开后，下毛豆，加盐（盐要加得狠一些），煮八分钟左右；

3 把毛豆捞起，倒入冷水中静置；

4 捞出毛豆后沥干水，倒入放凉的卤水汤中，浸泡两小时左右。封上保鲜膜，放进冰箱，冻上几个小时风味和口感更佳。

小米粥

只要是有想见的人，
就不再是孤身一人

粥不能太烫，太烫会令人生气；也不能凉，凉了叫人伤心。最最关键的是，在煮的过程中，态度一定要虔诚，眼睛要会欣赏粥，心里还要赞美粥，给它信心去成为世界上最好喝的粥。

——

如果能在某个傍晚，急匆匆地扒掉一碗饭后，换上漂亮的连衣裙，随后去见那个喜欢的人，管他是走在安静的林荫小道上，还是投身于熙熙攘攘的人潮之中，只要是跟喜欢的那个人走在一起，一定连晚风都格外温柔。

可姗姗此时的处境是，她和男朋友已经谈了两年零四个月的异地恋，并且此时此刻，窗外淅淅沥沥地下了三天的雨。姗姗的心情也被这漫长的雨淋得湿漉漉的。她看了一下时间，就起身进了厨房，拿出一小块南瓜切成丁，再用凉水淘洗了一小把小米，然后放进锅里煮上了。

每逢坏心情奔涌而来的时候，姗姗就会耐心地煮一锅小米粥，加点儿南瓜，或是香菇，再放点儿白糖，又或者什么都不放。姗姗为此特意买了熬粥的砂锅，并拜访了好几个粥铺的老师傅。最后得出的结论是：煮小米粥要先用大火煮开，再小火慢熬，中间不能再加水，直到水米融洽，粥的表面浮起一层油亮的米汤才算熬到家。

煮一锅粥大约需要半个小时，姗姗趁空隙去逗弄了一下趴在窗台上的折耳猫，它此时正双目凝视着远方，像是在说："瞧瞧，朕的天下。"

这只猫是姗姗的男朋友在离开这座城市之前送给她的，男朋友当时的原话是："我们两个城市之间，每天有四十二趟火车，见面会很方便，所以不必担心异地恋，暂时就让这只猫替我守护你吧。"

残忍的现实是，在这两年多的时间里，这只猫除了吃喝拉撒睡、调皮捣蛋装酷之外，为数不多的功用就是让姗姗清醒地意识到，自己是个有男朋友的单身女青年。

比如，短信听不到语气，电话看不到表情；难过的时候不能被他一把拥入怀里，生病的时候不能有他寸步不离。姗姗经常会有的感受是，自己像是养了个手机宠物，定点定时问候以及投食。

再比如，一个人逛菜市场的时候，看着胖胖的茄子，就想问问他最近吃得好吗？在早上出门忘记带伞又折返上楼拿伞的时候，就想问问他那里的天气怎么样？在林荫树下散步的时候，就想仰着脖子大喊他的名字。

但可惜，这些时候他都不在，姗姗就只好把这些话全都装进了口袋里，越装越多，也越装越重，想着有一天能蹦跶到他的面前，把那些话一句一句地从口袋里掏出来，塞到他的手里。

煮小米粥的过程其实也是姗姗排遣情绪的过程。小火在灶台上慢慢发热，仿佛所有的委屈难过都被熬没了、蒸干了。

每次煮粥，姗姗都会提醒自己：一定要保持好心情，这样煮出来的粥都是快乐的。

煮粥的过程中最好是能够有意地查看一两次，搅一搅。煮到正在糊但还没有太糊，每一粒小米都裂开膨胀并且米汤变稠了，舀一下却分不开米和水的程度最好吃。盛到碗里稍晾片刻，但是要注意不要让它表面结出米皮。

喝粥一定要喝新鲜的，不能让粥等人，任由它变凉，或者任由它煮烂，都会失掉粥的醇香。必须是人等粥，等它熟，等它降温，才能品得出鲜香甘美。

粥不能太烫，太烫会令人生气；也不能凉，凉了叫人伤心。最最关键的是，在煮的过程中，态度一定要虔诚，眼睛要会欣赏粥，心里还要赞美粥，给它信心去成为世界上最好喝的粥。

当然了，姗姗也有被异地恋折磨得想放弃的地步。比如，想和他一起做的所有事，只能她一个人去做；每天都有一种灵魂出窍的感觉，“人在这边，心在那边”。明明一个拥抱就能解决的问题，却能让两个人心痛很久；隔着屏幕，想念和关心都会自动减半，而争吵、冷战带来的心痛却会翻倍！

更可怕的还在于，他们根本就搞不清楚，到底是从什么时候开始，两个人之间忽然就没有了共同话题。

比如男朋友曾说："杨大鹏真傻，脸上有牙膏都不知道。"而姗姗却很想问他："杨大鹏是谁？"

再比如姗姗曾说："街道口的小店比以前增加了好多的菜品。"男朋友会反问一句："哪个街道口？"……他们相互描述着那些对方陌生的东西，像是分隔了好几个世纪似的。

吃尽了异地恋之苦的姗姗却依然很坚定："我当然知道异地恋很辛苦，但如果不是他，就算有人天天守着我，我也不会觉得幸福！"是的，她喜欢他，所以等待再久、孤独再盛，她都甘之如饴。

虽然他们各自过着各自的生活，但是为了共同的目标都在努力。他们隔着手机屏幕说了一千次的晚安，他们用努力工作的方式，去替代那个跨越了城市的拥抱；他们一步步地计划着拥有彼此的未来。这些微妙的快乐都是别人看不见的。

她渐渐地不那么依赖对方的短信了，但累的时候，很明确地知道——他就是家。

吃完了一大碗小米粥，姗姗又想他了，她把他的朋友圈又翻看

小米粥当然不会包治百病，
但我想，
例外也不会太多。

了一遍。在去年今日两个人一起旅游时发的朋友圈下面写了这样一段留言："我是个俗气至极的人，见山是山，见海是海，但一旦想起你来，云海便开始翻涌，江潮开始澎湃，昆虫的小触须挠着全世界的痒痒。你无须开口，我和天地万物，便统统地奔向你。"

原来，把想念说出口的时候，并不是说你现在、此时此刻在想念谁，而是一直都在想念，只是这一刻，憋不住了，所以才说出口了。

原来，异地恋不是什么问题，它是考验；它考验的不是毅力，而是爱的深浅！

孤独一人也没关系啊，只要能发自内心地爱着一个人，人生就会有救！

在古代，人们不发短信，不网聊，不漂洋过海，不被堵在路上。如果谁想念谁，就翻过两座山，走五里路，去牵她的手。

而在现代，人们可以随便发微信、随时联系，可如果你想念他，居然会选择爱而不言，而是努力把自己照顾好，好到让对方放心，好好地等到相见的那一天。

韩寒说，谈恋爱就应该经历一下异地恋，体会一下欣喜忧愁无从分享，欢笑落泪不能拥抱，隔着屏幕隔着电话隔着书信联系直到你几乎发疯，学会拒绝诱惑，学会处理一个人的时间，学会照顾自己。

也就只有这样，在下一个拥抱，乃至白头偕老，你才会感恩。

你不必知道他最近吃得怎么样，做了什么梦，胖了还是瘦了；他也不是必须知道你今天穿了什么衣服，和哪些人打过招呼。

最好的态度是：两个人都不着急，也不必惹对方操心。你且去看你的电影，我去读我的书。总有一天，我们会窝在同一张床上，看同一部电影，读同一本书。

熬过了这段煎熬的时期，两个人很有可能就是一辈子了。出现猜疑了，就要马上解释清楚；有争吵了，打完仗就收拾好战场，千万别冷战。

在强势的命运面前，年轻的你我就像是一群无助的可怜人：喜欢的人得不到，得到的不珍惜，在一起的怀疑，失去的怀念，怀念的想相见，相见的又恨晚，终其一生，都满是遗憾。

对异地恋的两个人来说，对方的城市越小越好。当一个人想念对方的时候，就可以轻而易举地把整座城市从南到北地想念一遍。哪条街道该左拐，哪个路口有家卖麻辣烫的小店……一个角落都不曾落下。

这样想过之后，就好像是已经翻山越岭地去见了他一面，就不会那么苦了。

想他的时候，就做个他爱吃的菜吧！思念和油烟，不必分清哪个更浓。

想他的时候，就煮锅小米粥吧！升腾的水汽就是他隔山隔水，寄你的情书。

如果在年轻的时候，有个人肯毅然决然地陪你异地相恋，你可千万不要随便把她弄丢了。

她图你什么呢？因为距离，图不到你的拥抱，更图不到你的照顾，每天孤独地生活，拒绝身边的诱惑，愿意这样坚持下去是因为想和你有个未来。因为是你，所以她愿意用自己的感情和青春去赌一个不确定的未来。

想念的，就接着想念，直到忍不住为止；想爱的，就爱下去，直到爱不下去为止。

喵记小米粥

小米 200 克、白糖少量。

1 小米洗净，淘米时不要用手搓，忌长时间浸泡或用热水淘米，以免营养流失；

2 大火煮开，加入白糖；

3 转小火慢熬，约三十分钟，直到水米交融。

柠檬蜂蜜水

一切未知，才最迷人

蜂蜜有多甜，养蜂生活就有多辛苦！流浪有多酷，流浪生活就有多苦！觉得快要熬不下去的时候，他们俩就会安静地坐下来，冲上一大壶的柠檬蜂蜜水，不讲器皿是否文艺，不论氛围是否温馨，不关心情调的有无，“咕咚咕咚”地就往肚子里灌。

——

玲子疲惫地躺在床上，累却不困，她身体里的每一个细胞都像是战败了的俘虏，沮丧地清醒着。

就在上午，她被自己的顶头上司足足骂了两个钟头，团队出了差错，却让玲子一个人背黑锅，玲子委屈得直掉眼泪，憋足了劲儿想喊一句“去你大爷的”，可终究还是忍住了。

玲子㞞了，她担心跟领导对骂一场，然后拍桌子走人的方式确实很解气。可找工作容易吗？毕竟下个月就要交房租了，而信用卡还“供养”着笔记本和手机。

她更担心的是，就算找到了新工作，又怎么能保证，不是逃离了这个泥坑，又掉进了另一个泥坑？

就在玲子焦虑不安的时候，妈妈打来了电话，说安徽老家的油菜花快要开了，提醒玲子早点做做计划，别又错过了花期。虽然玲子的老家到处是油菜花，可她从来都没有正儿八经地欣赏过，以前是把注意力都放在了学习上，现在是为了全身心地投入到工作里。

玲子努力地调动了一下情绪，假装嬉皮笑脸地说：“我知道啦，下个礼拜我就回家看美丽的母亲大人。”

在编了一大堆理由、赔了无数笑脸之后，苛刻的上司总算是勉强同意了玲子合情合理的年假申请。

然而，玲子只是欣喜了几分钟，很快就陷入忧心忡忡之中，她担心收假之后会被上司“特殊照顾”，她担心今年的公司评优机会会因此而丢掉。

回到家，刚脱下外套，外面就传来了一阵爽朗的笑声，玲子赶忙迎了出去：“表姐，你怎么来了？”

表姐笑着说：“听说你今天回来，特意来看看你，顺便给你带了几瓶新鲜的蜂蜜！这可是南方第一批油菜花蜜！”说完就挖出了两大勺，切了三个柠檬，泡了满满一壶柠檬蜂蜜水，然后毫不见外地端起一杯就“咕咚咕咚”地灌了下去。

表姐早年在电视台工作，是当地有头有脸的上流人物，可后来突然跟一个外地来的养蜂人结婚了，过起了居无定所的流浪生活。原本的大家闺秀，如今的装扮却像极了村姑，但这一点儿都不影响她活得很酷！

她在签名档写的是：“我要挂着一串铃铛，背着一把小弩，和我的心上人，去逛逛江湖。”

过惯了小心翼翼的生活的玲子对表姐的快意人生满是崇拜，也满是疑惑。

玲子问：“当年的你怎么就敢放弃那份优越的工作呢？那可是金饭碗啊？你怎么就敢嫁呢？他可是个大你二十岁的外地养蜂人啊？”

表姐乐呵呵地说：“他说北方的大米很好吃，我就跟着去了。”

“就这么简单？你就不听听家里人的意见？”

“人生已经够辛苦的啦，如果连我的喜欢都要听取别人的意见，那未免也太苦了！”

表姐说完就掏出手机给玲子秀了一下她心中的白马王子。玲子指着照片里那个黑得发亮却笑得纯真的瘦高个说：“哇，好黑的白马王子啊！”

表姐则一脸甜蜜地接过话：“别看他黑，骨子里却是个诗人。”

表姐开始讲起了养蜂人的故事。说是个无聊的下午，太阳晒得让人犯困，可养蜂人却盯着花海，津津有味。表姐就故意去刁难养蜂人：“你走南闯北那么多年，那你说说，这片油菜花田里，有多少花瓣，有多少花蕊，旁边的那片桦树林里，有多少叶子？”

结果养蜂人回答说：“所有的花，已交给蝴蝶去点数；所有的蕊，交给蜜蜂去编册；所有的树，交给风去一一垂询。”

表姐的“坏心思”没得逞，急着问：“那你做什么？”

养蜂人平和地蹦出来几个字：“我只需坐着，且听风吟。”

玲子问：“那你决定跟他去流浪的时候，就已经爱上他了吗？”

“不是的，当初决心跟他去流浪时，我们还不算恋人。直到2013年6月，我们辗转到了江苏，当时正在流行一种叫作‘H7N9’的禽流感，致死率极高，而我们经常要路过一些乡村的养鸡场、养鸭场，这让我很紧张。更可怕的是，我突然患了一场重感冒，喷嚏打个没完，还伴着低烧。我以为自己得的是禽流感，就把他撵得远远的。某个傍晚时分，我正盯着嗡嗡的蜂箱发呆，想着要是死掉了怎么办。他突然就靠了过去，丢了一句：‘要是你感染了禽流感，我可不可以娶你？’”

“然后你就决定要嫁给他了？”

“对啊！”表姐的坚定语气，就像是当年的豪赌让自己赚了个盆满钵满。

“哇，好酷。”

但现实中，蜂蜜有多甜，养蜂生活就有多辛苦！流浪有多酷，流浪生活就有多苦！

表姐本来是抱着寄情于天下的想法出去的，结果呢，遇着高温天气，两个人就要顶着烈日给蜜蜂们遮阳，累了一整天还要进行除

“庄子老先生可能说错了，

相忘于江湖，

不如相濡以沫。”

螨的清理工作……

养蜂人把蜜蜂看得比自己的命还重要。出现了容易引起蜜蜂大量死亡的“盗蜂现象”时，向来是流血不流泪的男子汉，也有声泪俱下的时候，仿佛是咬着新鲜的柠檬过日子。

觉得快要熬不下去的时候，他们俩就会安静地坐下来，冲上一大壶的柠檬蜂蜜水，不讲器皿是否文艺，不论氛围是否温馨，不关心情调的有无，“咕咚咕咚”地就往肚子里灌。

灌完之后，两个人相视一笑，好像摆在面前的不安和担心也一并灌进肚子里了。

玲子内心的暗区被他们俩的故事照亮了，她对表姐说：“我好羡慕你，想闯就敢闯出去，我呢，有些事，连试试的勇气都没有。”

表姐说：“不去试试看就不会知道那里是否有答案，比起勇敢尝试后的失败，望而却步换来的后悔，不知痛苦多少倍。一切未知，才最迷人啊！”

玲子用力地点了点头，然后学着表姐的样子一口灌下满杯的柠檬蜂蜜水。

那天晚上，玲子给那个不靠谱的上司发了辞职信。

她决定了，要跳槽试试。她在朋友圈里写道：“相抗衡是一件十分愚蠢的事，可我现在想要试试。”

率性、很酷的人生，并不是做了什么离经叛道的事，也不只是做了大胆的决定，而是有了一个要去直面未知生活的态度，是把答应自己的事情一一做到了。

当你选择面对未知的一切，选择陪一个浪漫的、有趣的人度过漫长而短暂的一生，选择过一种夹杂着痛苦但心甘情愿的生活时，这种酷就会掌管你全部的生活，它让你可以自由地选择自己的生活方式而不因被别人指指点点而困扰，让你可以勇敢地承担所做选择的一切后果而不后悔、不遗憾。

生活不会向你许诺什么。最好的态度是：莫问来路，过往无须赘述；但求前程，吉凶无惧未卜。

人生的旅程中，并不会有某个和蔼的老人在等着给你发糖，也不许诺在遥远或不遥远的将来，一定会有糖，披着彩衣款款而来的，可能是圣诞老人，也可能是讨债之人。你要学会适应，适应不期而至的伤害，也适应如约而至的未来。

这样的你就不会再坐等命运来做安排，也不再惧怕命运的不怀好意，而是更加相信自己的双手。因为它不属于冥冥之中任何未知的力量，而只属于你的心——你可以支配着它，去做你想做的任何事。

通常情况下，你可能说不清楚“为什么”，以及“怎么了”，但是，人不是因为弄清了一切事物的原委，弄明白了世事的奥秘才去生活的。

不是的，人是因为担心着、关心着、领悟着、失望着、坚信着，以及半信半疑着才享受到了生活的滋味的。

不知，不尽知，有所期待，有所失望，所以这一切，才如此迷人。

诚如村上春树在《奇鸟行状录》里写道："我或许败北，或许迷失自己，或许哪里也抵达不了，或许我已失去一切，任凭怎么挣扎也只能徒呼奈何，或许我只是徒然掬一把废墟灰烬，唯我一人蒙在鼓里，或许这里没有任何人把赌注下在我身上。无所谓。有一点是明确的：至少我有值得等待，有值得寻求的东西。"

看不清未来时，把握好现在，就是把握了明天。

喵记柠檬蜂蜜水

蜂蜜、柠檬、清水。

1 柠檬洗净切片或榨汁；
2 放入事先准备好的凉开水中；
3 调入蜂蜜放入冰箱保鲜即可。

酸辣土豆丝

哪有什么大器晚成，不过是苦尽甘来

他挑了两只个头大的土豆，边洗边夸它们："你们可真是好东西，跟什么都能炖一起，怎么弄都好吃。不像花椒大料，到哪都爱出风头，结果菜做好了，动筷子第一件事都是把它们挑到一边儿去，生怕咬着了。"

——

晚上十点半，季华发了一个朋友圈："看着大家一个接一个地结婚生子，感觉就像是当年的数学考试，看着你们一个接一个地提前交卷。我坐在倒数第二排，火急火燎，心里想的是，你们真的就不再检查一下或者再等我一下吗？"

看似是句玩笑话，但季华的烦躁不安却是真的。

早上上班怕迟到，他特意起了个大早，可路上还是很堵，几个私家车连续占了公交车道，他跟着车厢里的人一起着急；下了车，他三步并作两步地往公司跑，结果鞋带开了，蹲下来系了几次都没系上，还被一个玩手机不看路的胖子撞到了……

午餐点了外卖，可是特别难吃，完全不是咖喱该有的味道，吃了两口就拎起来准备扔进垃圾桶里，结果塑料袋是破的，剩饭剩菜撒了一桌子。

下班的时候叫了滴滴，心里还想着"要是能像同事那样滴到一辆保时捷就酷毙了”，结果停在他面前的是个带斗篷的蹦蹦……

作为一名海归，季华对自己前途的期望值很高，在两年前，他击败了几十位竞争者，顺利迈进了一家上市企业的大门。可摸爬滚打了两年多，他依然还是个可有可无的小职员。

每天早上出门都是西装革履，然后往城市最繁华的大楼里进，下班之后托着疲惫的身体往棚户区租来的房子里赶。

更糟心的是，他以前寝室里一说梦话就能把整篇《陈情表》背完的人已经成了某个大公司的主管，而那个闹钟永远都叫不醒的人已经是两个孩子的爸爸，唯有他，还是一个“很有前途”却看不到前途的大龄单身青年。

这种烦躁不安有点儿类似于堵车，其实堵着并不会让人烦躁太多，但如果旁边的车子都开过去了，就自己还堵在那儿，烦躁就会马上升级。

用一句话总结就是：既没有办法再往上爬，也没有余地往后退，原地踏步又焦虑不已。

回到家了，四周空荡荡。没有人给他打电话，也没有人问一句“你吃饭了没”。他在黑暗中独自取出杯子，喝干了收藏好久的红酒，可是千头万绪太杂乱，一时间竟然觉得后悔的事、讨厌的人、不安的情绪那么多，居然不知道该挑哪样来咬牙切齿。

摆在他面前的净是这些细碎的小事，说出来难免会觉得矫情，可堆在一起又觉得很难过。

拿出手机，点开了一个常听的电台。他本想借此来放空一下自己，可电台里居然在念："我也曾因为烦躁而用脚尖碾碎了两只蚂蚁，那是不是上帝眼中的我和你……"

他顿时就觉得坐不住了，起身钻进厨房里。他准备给自己做点儿爱吃的。

在吃东西方面，他这些年表现得非常"忠诚"，喜欢吃一样东西，就会一直吃，每次点餐都会点。这其中就有酸辣土豆丝。从高中食堂到国外的华人饭店，再到棚户区的家常菜馆，这道菜他吃了十多年，始终也吃不厌。

他挑了两只个头大的土豆，边洗边夸它们："你们可真是好东西，跟什么都能炖一起，怎么弄都好吃。不像花椒大料，到哪都爱出风头，结果菜做好了，动筷子第一件事都是把它们挑到一边儿去，生怕咬着了。"

他竭力想从难挨的情绪中挣脱，可似乎有点儿力不从心。就像是头顶被乌云罩住了一样，无论他是坐着、躺着、奔跑或者蹲下，都见不到阳光。糟糕的、琐碎的生活小事将他拖到了崩溃的边缘。

这让他想起来当初一个人在国外寄宿的场景。那时候他觉得，生活中最大的麻烦不过是交房租、脸上又长出了青春痘、喜欢的电脑和手机要靠省吃俭用和勤工俭学才买得起、喜欢的女孩子将自己送过去的礼物退了回来……可仅仅过了两三年，人生的烦恼居然上升了好几个层次！

事实上，击溃他的并非什么洪水猛兽般的巨大打击，而是一些挥之不去的小情绪。它们像多米诺骨牌一样细细密密地摆在他眼前，他不知道会在什么时候碰到其中之一，然后接二连三触动了本来就混乱不堪的生活。

但庆幸的是，酸辣土豆丝会帮他建造一种安全机制。它承认多米诺骨牌的存在，也允许有难搞的事情发生，但它会帮季华去止损。它能让糟糕的事情在更糟糕之前停一下，让快要崩溃的情绪在失控之前暂缓一下，给季华一些思考和补救的机会。

洗完之后，他开始给土豆削皮，然后切成薄片，最后才切成了丝。

做过酸辣土豆丝的人才会知道这道看似平凡的家常菜要花多少心思。尖椒要一根一根洗干净再切，土豆丝更是要仔细，切的丝要足够细、足够匀称，做之前要泡，大蒜和花椒要一颗一颗剥完，手上的味道还很难洗掉……

做的过程中，还要控制时间、控制火候，作料放进去的顺序也

一个人也要好好吃饭。

吃饱了，全世界都不重要；

吃饱了，生活简直无心可操。

要准确……如果丝切得不够细，或者某个步骤省了，那这道菜肯定不好吃。它既考验刀工，又考验做菜的人的耐心。

一盘子酸的、辣的、甜的、咸的，听别人耳闻口讲的，总不如亲自动手的明白。就像是成长，自己经历的总是比看来的、听来的要深刻得多。

他像有强迫症似的将土豆丝一根一根地、整齐地摆放在盘子中间，然后又把青椒丝一根一根地码在土豆丝旁边。然后由衷地赞美了一下自己的刀工："出神入化啊！"他在心里嘀咕道："明天不见得会更好，但或许会好呢。"

这是几年前，他因为做饭把房东家的厨房给点了，然后被房东赶了出去，一个人拎着行李在车站的长凳上睡了一整夜之后得出的结论。就这一个念头，就让他支撑着走过了最糟糕的留学生涯。

准备好食材，他自嘲了一番："尖椒是土豪，营养丰富，衣裳华丽；花椒是土鳖，风风火火、哇啦哇啦的；我是土豆，又土又逗。"

说完之后，他就把切好的土豆丝用清水洗了一遍，洗掉了表面的淀粉，这样可以防止土豆变黑，同时以免在炒的时候粘锅。

不一会儿，酸辣土豆丝就做好了。酸得让人食欲大开，脆得让人欲罢不能，尝过了这酸甜辣咸，就如同经历了一次喜怒哀乐。他美美地吃了两大碗米饭，然后像个神经病那样喊道："今儿起，一个土豆宣布成为星球。”

是的，一个人也要好好吃饭。吃饱了，才有力气去抵抗寂寞孤独和世事无常。

吃饱了，全世界都不重要；吃饱了，生活简直无心可操。

人需要自带希望。大多数人的青春都很平凡，都有过一无所有、一无是处、到处碰壁的时候，甚至还经常会被现实摁倒在地，被修理得遍体鳞伤。但关键是，你得撑下去。

很多时候，一个人选择暗自坚持、默默努力，不是因为欲望，也并非受了谁的蛊惑，而仅仅是听到了自己内心的声音，知道了自己的渴望。

撑过去了，那些糟心事就变成了你的炼丹炉；撑不过去，求饶了，它就成了你的紧箍咒。

你只需记住，你是你的人生大戏的主角，忘词也好，怯场也罢，序幕拉开了，你就得站在台中央，从头演到尾。

不论是个土豆，还是颗金豆，你都要不枉来这人间走一遭，把这日子过得有滋有味。你需要的，是“不负我心，不负此生”的热情，是“跌跌撞撞仍对世界微笑，彷徨失措依然勇敢前行”的坚定；你需要的，是在迷茫沮丧的时候不对自己下结论的能力，在苦楚绝望时不对世界下结论的操守。

这样的你，不会四处诉苦，不会动不动就煽情，也不会靠“炫耀”苦难来博取同情。这样的你，会喜欢安定，也不怕漂泊；会喜欢结伴，也不怕独行。

漫长的一生中充满了林林总总的磨难，但却被你当成了有滋有味的人间食堂。这大概才是成长的意义，无论如何，只要还想着要好好生活，就值得欢喜与庆贺。

你必须在现在的时光里扎根、生长，你必须学会接受，试着忍耐，学会适应，即使硬着头皮，即使满目疮痍，但这就是成长的意义——你要亲手改变现在，而不是等待未来救援。

喵记酸辣土豆丝

土豆、蒜、尖椒、花椒、香菜、油、盐、白醋、白糖。

1 土豆削皮后切成土豆丝，用清水淘洗，并浸泡；

2 小碗里调进盐、白醋、白糖，然后倒进与白醋同量的清水搅匀成酸甜味汁；

3 油锅加热后放花椒、尖椒，大火爆炒出香辣味；

4 将调好的酸甜味汁用大火烧沸；

5 倒进土豆丝，大火快速翻炒；

6 撒上蒜粒和香菜，加几滴醋，翻炒几下后出锅。

图书在版编目（CIP）数据

吃货最怕做饿梦 / 喵个不停著．—北京：现代出版社，2019.3
ISBN 978-7-5143-6894-9

Ⅰ．①吃… Ⅱ．①喵… Ⅲ．①随笔－作品集－当代
Ⅳ．① I267.1

中国版本图书馆 CIP 数据核字（2018）第 066755 号

吃货最怕做饿梦

著　　者	喵个不停
责任编辑	毕椿岚
出版发行	现代出版社
通信地址	北京市安定门外安华里 504 号
邮政编码	100011
电　　话	010-64267325 64245264（传真）
网　　址	www.1980xd.com
电子邮箱	xiandai@vip.sina.com
印　　刷	吉林省吉广国际广告股份有限公司
开　　本	880mm × 1230mm　1/32
字　　数	140 千字
印　　张	8.25
版　　次	2019 年 4 月第 1 版　2019 年 4 月第 1 次印刷
书　　号	ISBN 978-7-5143-6894-9
定　　价	42.80 元

就算全世界与你为敌

食物也会永远站在你这边

只要还吃得下去

人生就没有过不去的坎儿

Just eat it.